U0937881

Peter Pan

James Matthew Barrie

彼得·潘

【英】詹姆斯·马修·巴利◎著
王丁鹏◎译

華中科技大學出版社
http://www.hustp.com
中国·武汉

图书在版编目（CIP）数据

彼得·潘 /（英）詹姆斯·马修·巴利著；王丁鹏译. — 武汉：华中科技大学出版社，2018.8

ISBN 978-7-5680-3930-7

Ⅰ.①彼… Ⅱ.①詹… ②王… Ⅲ.①童话–英国–近代 Ⅳ.①I561.88

中国版本图书馆CIP数据核字（2018）第171995号

彼得·潘
Bide Pan

[英] 詹姆斯·马修·巴利 著
王丁鹏 译

策划编辑：王京图
责任编辑：陈锦剑
封面设计：伊 宁
责任校对：北京佳捷真科技发展有限公司
责任监印：徐 露
出版发行：华中科技大学出版社（中国·武汉） 电话：（027）81321913
武汉市东湖新技术开发区华工科技园 邮编：430223
录　　排：北京欣怡文化有限公司
印　　刷：北京富泰印刷有限责任公司
开　　本：787mm × 1092mm 1/32
印　　张：6.875
字　　数：120千字
版　　次：2018年8月第1版第1次印刷
定　　价：36.00元

目　录

第一章　彼得·潘闯进来了

所有的孩子都会长大，但有一个人例外。所有的孩子很快都会知道自己将要长大，而温蒂是这样知道的：在温蒂两岁的时候，有一天她在花园里玩耍，她摘了一朵花，拿在手上，跑去找她的妈妈。我想，温蒂看起来一定特别讨人喜欢，因为达令夫人把手放在胸口，大声说道："要是你能一直像这样就好了！"事情的经过就是这样，但是从那以后，温蒂就知道自己一定会长大。通常孩子在两岁过后就会知道这一点。两岁既是过去的结束，也是新生活的开始。

当然了，他们住在十四号（这是他们的房子所在街道的门牌号）。在温蒂出生之前，她的妈妈是家里面的主要人物。妈妈非常漂亮，脑袋里装着许多浪漫的想法。她的嘴巴很甜，喜欢逗弄别人。她那满是浪漫想法的脑袋就像是从神秘的东方来的小盒子，一个套着另一个，不管你打开了多少个，里面总是还会有一个。她那张甜甜的、喜欢逗弄别人的嘴上挂着一个吻，温蒂从来没有得到过那个吻，可是那个吻一直就在妈妈右边的嘴角挂着。

达令先生是这样赢得达令夫人的芳心的：那时候，她还是个小女孩子，其他人也都还是小男孩，他们长大后发现他们同时爱上了达令夫人，于是全都跑到达令夫人家向她求婚，但是只有达令先生的做法不同，他叫了一辆马车，抢在他们前头，第一个赶到了她家，于是他就得到了达令夫人。达令先生得到了达令夫人的一切，除了她魔盒中深藏的那个小盒子和她唇边的那个吻。他从来都不知道她脑海中还有一个小盒子存在。渐渐地，他也不再尝试去求取那个吻了。温蒂觉得：也许拿破仑可以得到妈妈的那个吻，但是我可以预见到他尝试求取之后，生气地夺门而出的样子。

达令先生经常向温蒂吹嘘，说她的妈妈不仅爱他，还很尊重他。他是个学问高深的人，知道什么是股票什么是股份。当然啦，这事谁都不了解，但他似乎挺懂的。他经常说股票涨啦，股份变少啦，似乎这样说可以让所有女人都崇拜他。

达令夫人结婚时，穿了一件雪白的婚纱。结婚以后达令夫人负责做账，刚开始她做得非常仔细，也非常快乐，就像是在玩游戏一样，就连一棵小菜芽也不会漏记。可是渐渐地，她连大棵花椰菜都不记了，账本上出现了一些面容模糊的小娃娃的图画。这是达令夫人在本该核对账目的时候画的，她猜到她要有宝宝了。

温蒂是第一个降生的，然后是约翰，再然后是迈克尔。

在温蒂出生后一两个星期里，爸爸妈妈不知道是否能把她养活，因为家里又多了一个人吃饭。虽然达令先生为温蒂的到来感到非常骄傲，但他也是个务实的人。他坐在达令夫人的床边，握着她的手，计算着开销，而达令夫人则带着哀求的神情看着他。她想无论如何，也要冒一冒风险，把温蒂留下，但达令先生的做法不是这样的。他要拿出笔和纸好好计算才行。要是达令夫人提意见打断了他，他就得重新计算一遍。

“别打断我。”他这样恳求她。

“我手上有一英镑十七先令，办公室里有两先令六便士。在办公室里，以后我可以不喝咖啡，这样可以省下十先令，总共就有两英镑九先令六便士，再加上你的十八先令三便士，总共是三英镑九先令七便士。我的支票簿里还有五英镑整，这样就是八英镑九先令七便士——是谁在那儿动？——八英镑九先令七便士，逢十进一，这是七——别说话，我自己来——再加上你借给那个敲门人的一英镑——安静，孩子——逢十进一，孩子——你看，都乱了！——我刚才是不是说九英镑九先令七便士来着？对了，我说的是九英镑九先令七便士，问题是，我们能不能靠这九英镑九先令七便士撑过一年？”

“我们当然可以，乔治。”她大声说道。因为达令夫人是偏爱温蒂的。但是，在他们夫妻中，达令先生才是更公正的那一个。

“别忘了腮腺炎，”他几乎是在用威胁的语气在警告她，然后又继续计算着，“腮腺炎疫苗，我按一英镑算，但我敢说它可能要多花费三十先令——别说话——麻疹疫苗要一英镑五先令，德国麻疹疫苗要花半个几尼，总共就是两英镑十五先令六便士——别摇手指——百日咳疫苗，算它十五先令”——达令先生就这样一直计算着，每次算出来的结果都不一样。但最后，总算可以保住温蒂了，腮腺炎疫苗的费用降到了十二先令六便士，两项麻疹治疗也合并作一次处理。

约翰降生时，大家也是捏了一把汗，迈克尔更是有惊无险，但最后两个孩子也都留下来了。很快，三个孩子就到了排着队去福尔萨姆小姐的幼儿园上课的年龄了，还有保姆陪着他们。

达令夫人喜欢事情都简简单单的，而达令先生渴望像他的邻居一样过日子，所以他们当然要雇一个保姆。由于他们家很穷，孩子们喝的牛奶也不少，所以他们雇的保姆是一只守规矩的纽芬兰犬，名字叫娜娜。在达令一家聘用她之前，娜娜没有特定的主人。但是娜娜一直以来都觉得孩子们是非常重要的。达令一家是在肯辛顿花园认识娜娜的。在花园的大部分时间里，娜娜常会把头伸进儿童车一窥究竟，很多粗心大意的保姆很讨厌她，因为她会跟着她们回家，向女主人们抱怨保姆们不尽责。娜娜确实是个难得的好保姆。在给宝宝洗澡的时候，她会悉心照顾；夜里，哪怕有一个小主人发出非常轻微的哭声，她会立即起来。当然啦，娜娜的窝就在婴儿室里。娜娜非常聪明，她知道哪一种咳嗽不可以怠慢，也知道哪一种咳嗽只需要把小主人的脖子围暖和就可以。娜娜这辈子都对老药方深信不疑，比如，使用大黄叶子治病。她一听到别人谈论对付病菌的新办法，就会发出不以为然的哼声。看着娜娜护送小主人们上学时那种合乎礼仪的情景，真会大长见识。要是小主人们规规矩矩地走路，她就会安静地走在他们身边。要是小主人们到处跑动，她就会用头把他们推回队列中去。在约翰踢足球的每个日子里，娜娜从未忘记把他们的毛衣带上，而且她的嘴里还经常叼着一把雨伞，以防下雨。福尔萨姆小姐的幼儿园里有一间地下室，保姆们就在那里等着她们的小主人。她们会坐在长凳上,而娜娜则躺在地上，但那是娜娜与她们的唯一区别了。保姆们觉得娜娜的社会地位比她们低，所以假装看不见她，而娜娜则对她们的闲谈不屑一顾。娜娜还很讨厌达令夫人的朋友们进入婴儿室，但如果他们真的来了，娜娜会先把迈克尔的围裙扯下来，帮他换上带蓝色穗带的那件，然后帮温蒂把衣服弄平整，再匆忙地帮约翰打理好头发。

没有一位保姆做得比娜娜更周到了，这达令先生是知道的，但是他有时候会担心邻居说闲话。

他要顾及他在城里的地位。

娜娜还有一点，让他不开心。他有时候觉得娜娜不尊重他。达令夫人经常安慰他说："乔治，我很清楚，她非常尊重你。"然后达令夫人还会给孩子们使眼色，让他们要特别尊重爸爸。接着，他们就会跳起欢快的舞蹈，而家里唯一的女仆莉萨有时也会被允许加入。莉萨穿长裙，戴着女仆专用的帽子的样子就像个小矮人。不过她曾发誓，自己被聘用的时候已经超过十岁了。这群人跳得多开心呀！最开心的要数达令夫人了，她踮起脚狂野地旋转着，这时候，你能看到的就只是她的那个吻了，仿佛只要你冲过去就能得到那个吻。没有哪个家庭比达令一家更简单、更幸福了，直到彼得·潘出现。

达令夫人第一次听到"彼得"这个名字，是在她收集、厘清孩子们的想法的时候。每一位称职的妈妈夜间都会有这个习惯，在孩子们睡着后，她会探寻他们的小想法，并整理好在白天被四处乱放的物品，好为第二天作准备。如果你还醒着（不过你肯定是睡着了），可能就会看到自己的妈妈在做这些事，然后你会留心地观察到妈妈是很有趣的，那很像是在收拾抽屉。我猜，你会看到妈妈跪在地上，正好奇地翻看你的物品，猜测着你到底是从哪里拾来这些东西的。发现有趣和不那么有趣的东西时，她会将脸颊凑近一件最有趣的东西，就像是在跟小猫咪亲昵一样，然后匆忙地把它收拾好。你早上醒来的时候，睡前揣着的淘气和坏心思已经被叠得小小的，正安安静静地躺在你的心底呢！而最上层的则是美好活泼的想法，迫不及待地想要蹦出来了。

不知道你有没有看过一个人心思的地图。医生们有时会画出你的其他部位的地图，你自己的地图可以变得非常有意思，但是若碰见医生们画出一张孩子的心思的地图，会发现那张图不仅让人迷惑不解，并且还是绕着圈儿的。它们那弯弯曲曲的线条就像是体温表格上的体温变化线条，这大概就是岛屿上的道路了。因为无忧岛就是这么一座岛，到处都是五彩斑斓的。海面上可以看到珊瑚礁和流线型的船只，岛上有野蛮人和荒凉的巢穴，还有守护岛的小矮人，他们大多都是裁缝。有河水流经山洞，有王子和他的六个哥哥，有一间快要荒废的小屋，和一位长着鹰钩鼻的老妇人。要是地图上只有这些东西那就简单多了，可其实还有很多呢！比如，第一天上学、宗教信仰、每个人的爸爸、圆形的池塘、针线活、谋杀、绞刑、与格动词、巧克力布丁日、戴牙套、数到九十九、自己拔牙获得三便士奖励，等等。所有这些东西如果不是岛上的一部分，那就是画在了另一幅地图里。这一切都格外杂乱无章，要知道，它们可不会永远保持静止呢！

当然啦，不同人心目中的无忧岛相差是很大的。比如，在约翰的无忧岛上，有一处环礁湖，成群的火烈鸟在湖面上翱翔，而约翰就在底下瞄准它们，准备开枪。而在年幼的迈克尔的无忧岛上，则是一只火烈鸟在成片的环礁湖上空飞来飞去。约翰住在放在沙滩上的一艘底朝天的小船里，迈克尔住在棚屋里，而温蒂的住所是一处用树叶巧妙地缝起来的小房子。约翰没有朋友，迈克尔到了晚上才有朋友，而温蒂养了一只被它父母遗弃的狼宝宝。总的来说，无忧岛具有家族相似性，要是它们一个个排列好，你可以看到它们原来还是有很多相同点的。在这些奇妙的海岸边，永远都能看到嬉戏着的孩子们把他们的小船拖上岸。我们也有过这样的经历。我们有时候还能够听到波浪的声音，不过我们再也回不到这样的地方了。

在所有让人开心的岛屿中，无忧岛是最舒适最紧凑的。它不大，也不分散，两处冒险地之间的距离恰到好处，布局紧凑但整齐。白天，你在这里用椅子和桌布玩游戏的时候，它一点也不会令人感到害怕。但是在你睡前的两分钟，这些冒险的地方就变得极其真实。这也是晚上需要开灯的原因。

偶尔，达令夫人在探索孩子们内心世界的时候，会发现一些没法理解的事情，其中最让她困惑的就是“彼得”这个名字了。她不知道彼得是谁,但是在约翰和迈克尔的内心世界里，他的身影随处可见，而在温蒂的世界里，已经潦潦草草地写满了他的名字。这个名字的笔画比其他所有字都要粗大，达令夫人凝视它的时候，觉得它像只骄傲的小公鸡。

“对，他很骄傲。”温蒂遗憾地承认。她妈妈一直在问她。

“我的小宝贝，他是谁呀？”

“他叫彼得·潘，妈妈，您认识的。”

起初达令夫人是不认识他的，但是当达令夫人回想起童年生活的时候，她记起来有一位彼得·潘，据说他和仙子们住在一起。关于他，有很多奇怪的故事，比如，在儿童夭折的时候，他会陪着他们走一段路，这样他们就不会感到害怕。她小的时候相信彼得·潘的存在，但是现在她都结婚了，也懂事了，所以她十分怀疑是否真的有这样一个人存在。“而且呀，”她对温蒂说，“他现在应该已经长大了。”

“不，他还没有长大，”温蒂很肯定地说道，“他就跟我一般大。”温蒂的意思是无论是心智还是体型，彼得·潘都和她一样。她说不出依据，但是她就是知道。

达令夫人把这事告诉了达令先生，但达令先生哈哈大笑起来。“记住我说的话，”他说道，“这些只不过是娜娜在孩子脑袋里种下的稀奇古怪的想法，是犬类才会有的想法。别管这事了，很快就会过去的。”

但是这件事情没有过去，很快，这个爱惹麻烦的小男孩就把达令夫人吓坏了。

孩子们会经历一些非常奇特的冒险，但乐此不疲。比如，在事情发生一周后，他们可能才想到提起他们在森林里遇到了离世的爸爸，还跟他玩了游戏。有一天早上，温蒂就这样漫不经心地说出一件令人不安的事情。婴儿室的地板上出现了一些树叶，但是在孩子们上床的时候，地板上是绝对没有这些树叶的，达令夫人很疑惑，而温蒂带着宽容的笑容说道：

“我觉得这又是彼得做的。”

“你在说什么呢，温蒂？”

“他很淘气，进来都不擦一擦脚。”温蒂边叹气边回答说。温蒂是个爱干净的小孩。

她甚至还有理有据地说彼得有时候会在晚上来到婴儿室，然后坐在她的床边吹笛子给她听。不过，可惜的是，她在夜间从来都没醒过，所以她不知道自己是怎么知道的，但是她就是知道。

“宝贝，你在说什么胡话呢？没有人可以不敲门就进来的。”

“我想他是从窗户进来的。”她说道。

“小可爱，这可是三楼呢。”

“妈妈，窗户边不是有树叶吗？”

话说得没错，达令夫人确实在窗户边发现了树叶。

达令夫人不知道该怎么解释，因为温蒂觉得这一切十分正常，总不能为了把这件事打发过去就简单地说是温蒂在做梦。

“孩子，”妈妈喊出声来，“你为什么不早点跟我说呢？”

“我忘了。”温蒂轻松地说道，她正急着去吃早饭。

没错，她肯定是在做梦。

但另一方面，树叶就在那里。达令夫人仔仔细细地观察这些树叶。这些树叶已经枯了，但她确定它们绝对不是来自英格兰的任何一棵树。她趴在地板上，用蜡烛照着地板，眯着眼找地板上是否有奇怪的脚印。她还将搅火棍伸进烟囱里乱捅，又轻轻拍着墙面。她从窗户那儿放下一根带子到地上，窗户的垂直高度有三十英尺，墙的上下连一个可供攀爬的喷水口都没有。

显然，温蒂一定是在做梦。

但第二天晚上发生的事情证明了温蒂不是在做梦。可以说，这些孩子们非凡的冒险在这天晚上已经开始了。

夜晚，所有孩子都回到床上了。这一晚娜娜正好休息，达令夫人给孩子们洗过澡，还唱了歌，他们才一个一个慢慢地松开了达令夫人的手，进入了梦乡。

一切看起来是如此平静舒适。达令夫人不禁对自己的害怕感到可笑，她坐回到火堆旁，安安静静地做起了针线活。

她在给迈克尔做衬衫，准备给他在生日那天穿。但是，火堆旁太温暖了，婴儿室里三盏夜灯发出微弱的光。不一会儿，达令夫人手中的针线就落到了她的腿上，她的脑袋微微下垂，然后便睡着了。瞧他们四个，温蒂和迈克尔睡在那头，约翰睡在这头，而达令夫人睡在火堆旁。要是有第四盏夜灯就好了。

达令夫人睡着的时候做了一个梦。她梦到无忧岛正离她越来越近，然后一个奇怪的小男孩从里面钻了出来。达令夫人没有被他吓到，因为她觉得她在那些失去孩子的妈妈脸上见过他的样子。也许在其他妈妈的脸上也能见到他吧。但在她的梦里，他揭开了无忧岛朦胧的面纱，接着她看到了温蒂、约翰，还有迈克尔探着脑袋往里面看。

其实这个梦本身是件小事，但是在达令夫人睡着的时候，婴儿室的窗户被吹开了，一个小男孩落在地板上，他带着一束奇怪的光。这束光和拳头一般小，却像个小生物一样冲进了房间，也许正是这束光把达令夫人弄醒了。

达令夫人叫喊了一声，站了起来，她立刻意识到他就是彼得·潘。如果你、我，或者温蒂在场，我们可能就会觉得他像极了达令夫人的那个吻。他是个可爱的小男孩，穿着枯树叶和树浆做成的衣裳。他身上最可爱的地方就是长着一口乳牙。彼得看到达令夫人是个大人的时候，他朝她龇出珍珠般的小牙齿。

第二章　影子

达令夫人尖叫起来,紧接着,像是回应门铃声一样,门开了,娜娜跑进来了,她晚间外出回来了。娜娜咆哮着朝男孩扑过去,而男孩轻轻地跳出了窗户。达令夫人又发出了一声尖叫，这次是因为担心他,她觉得他可能已经摔死了。达令夫人跑下楼,冲到街上找他的尸体，但是那里什么也没有。她抬起头往上看去，漆黑的夜空下，她什么也没看到，除了一丝闪光，达令夫人认为那是一颗流星。

达令夫人回到婴儿室，她看到娜娜嘴里含着什么东西，那是男孩的影子。在男孩正要跳窗逃走的时候，娜娜迅速地关上了窗，但还是没能逮住他，只是他的影子来不及逃走，因为窗户猛地关上，把影子扯了下来。

可以肯定的是，达令夫人把影子仔仔细细地研究了一遍，但实在没发现有什么特别的地方。

娜娜很清楚如何处理这个影子才最合适。她把影子挂在窗户外面，意思是：“他一定会回来拿的。我们可以把它放在他容易拿到的地方，这样就不会打扰到孩子们了。”

不过，达令夫人不愿意让影子挂在窗户外面，因为它就像刚洗完的衣服一样，会降低房间的格调。她想过给达令先生看这个影子，但是达令先生正在计算约翰和迈克尔冬天穿的大衣需要花多少钱。达令先生的头上还裹着一条湿毛巾，那是用来帮助自己保持头脑清醒的。这时候打扰他可不好，而且达令夫人知道自己准会听到这样的回答：“这都是因为请了一只狗来当保姆。”

达令夫人决定还是把影子收起来，好好地放在抽屉里，等到机会合适的时候再告诉她的丈夫。哎呀，真是麻烦。

一周后，机会来了，那是个永远不会被遗忘的星期五。是的，一定得是星期五。

“我应该格外小心‘周五’这个日子。”达令夫人经常事后这样跟她丈夫说道，而这时候可能娜娜就会在一旁牵着她的手。

“不，不，”达令先生说道，“我得负全部责任。这是我乔治·达令犯下的错误。”因为达令先生受到过古典文学的教育，有时他还会说：“万方有罪，其曲在我。”

他们每晚就这样坐着，回忆着那个不幸的星期五，直到所有的细节都深深印在了他们的脑海里，并从另一面穿透出来，仿佛一枚劣质的硬币上的人脸图案。

“要是我没有答应参加二十七号的晚宴该有多好。”达令夫人开口说道。

“要是我没有把我的药倒到娜娜碗里该有多好。”达令先生接着说道。

“要是我那时候假装喜欢那药就好了。”娜娜湿润的眼睛似乎在这样说。

“乔治，怪我太喜欢聚会了。”

“亲爱的，要怪我幽默的天赋。”

“亲爱的主人们，要怪就怪我太斤斤计较了。”

之后，他们中的一个或几个便失声痛哭起来，娜娜就会想：“对啊，对啊，要是他们没有找一只狗当保姆就好了。”而多数时候，达令先生会拿出手帕给娜娜擦眼泪。

“那只恶魔！”达令先生吼道，而娜娜就会吠叫起来应和他。但是达令夫人从来没有责怪过彼得，达令夫人右边嘴角上似乎有什么东西不让自己说彼得的坏话。

他们坐在空荡荡的婴儿室里，一遍又一遍地回忆起那个可怕夜晚发生的每一个最细微的细节。那晚原本是平淡无奇的，就跟其他平常的夜晚一样，而娜娜也是照常为迈克尔准备好洗澡水，然后背他过去洗澡。

“我不睡觉，”迈克尔喊道，似乎以为在这件事上他能够做主呢，“我不，我不。娜娜，还没到六点呢。啊，啊，我再也不喜欢你了，娜娜。我跟你说我不要洗澡，不要，不要。”

这时，达令夫人穿着她白色的晚礼服进来了。达令夫人早早地这样穿上是因为温蒂特别喜欢看到她穿着晚礼服，脖子上佩戴乔治送给她的项链。达令夫人的手腕上还带着温蒂的手镯，这是她向温蒂借的。温蒂很乐意把它借给妈妈。

达令夫人进来看到两个大点的孩子在玩过家家。约翰和温蒂分别装扮成达令先生和达令夫人，他们在表演温蒂出生当天的情景，约翰对温蒂说：

“我很高兴地告诉您，达令夫人，您现在是位母亲啦。”那语气真的跟达令先生的一模一样。

温蒂在一旁欢快地跳着舞，达令夫人那天真的是那样做的。

接着他们表演了约翰出生的情景，约翰表演得格外高兴，因为他认为生了个男孩，当然要好好庆祝。这时迈克尔从浴室回来了，要求约翰也表演迈克尔出生时的情景。但是约翰无情地告诉他，他们不想再要一个孩子了。

迈克尔几乎快哭了，他说道：“没有人要我了。”这时候，穿着晚礼服的这位太太当然忍不住了。

“我要，”她说道，“我很想再要第三个孩子。”

“男孩还是女孩？”迈克尔问道，他并不抱太大的希望。

“男孩。”

于是，迈克尔跳进了妈妈怀里。现在达令先生、达令夫人，还有娜娜回想起来，这是多么小的一件事情啊，但是，如果想到这事发生在迈克尔在婴儿室的最后一夜，那就不是小事。

他们继续回忆着。

“那个时候，我是不是像一阵风一样冲进来了？”达令先生这样自嘲地说。确实，那时候达令先生就像一阵风一样。

不过对他来说，其实也情有可原。因为那时候，他也正在为聚会准备服饰呢，过程一直很顺利，但是在系领带的时候碰到了麻烦。老实说，这件事听起来很让人吃惊，这位先生对股票和股份如数家珍，竟然不懂得如何系领带。有时候，“领带”这个小东西很听话，但是有时候，家里人会觉得，要是达令先生能够放下自尊心戴一个现成的领结，那就更好了。

那晚的情况就是这样。他冲进婴儿室的时候手里还拿着一条皱巴巴的领带。

“怎么了，什么事呀，孩子他爸？”

“什么事！”他大声地吼道，他真的是在大吼。“这条领带，怎么也系不起来。”他的话开始变得刻薄起来，“它就是无法系在我的脖子上，但系在床柱可以。没错，我将它系在床柱上二十次都没问题，系在我脖子上就有问题了。真是的，求求它饶了我吧。”

他觉得达令夫人可能还不够理解他的心情，他继续用坚决的口吻说：“我跟你说，孩子他妈，要是无法将这条领带系在我的脖子上，今晚我们就不去参加晚宴了，要是我不去参加晚宴，我就再也不去上班了；要是我不去上班了，那你和我都得挨饿，我们的孩子也会流落街头。”

即使在这样的时候，达令夫人还是非常平静。“让我试试吧，亲爱的。”她说。这就是达令先生想让她做的事情。于是，达令夫人用她那双好看又略带凉意的手帮他系领带，而孩子们就站在一旁，等待达令先生决定他们的命运。有些男人也许会因为她能够轻松地系上领带而感到不高兴，但达令先生的脾气太好了。他漫不经心地感谢了她，然后就一点也不生气了，他还背着迈克尔在房间里跳起来舞来。

“我们当时玩得多开心啊！”达令夫人现在回忆起来说道。

“谁能想到是最后一次！”达令先生苦恼地说。

“乔治，你记不记得迈克尔还突然问我：‘你是怎么认识我的呀，妈妈？’”

“我记得！”

“他们太可爱了！对不对，乔治？”

“他们是我们的孩子，是我们的！可现在都不见了。”

这种嬉闹直到娜娜出现才停了下来，达令先生还一不小心撞到了娜娜，裤子上沾满了狗毛。这可是新西裤，而且还是第一条缝了饰品的西裤。达令先生要咬着嘴唇才能让自己的眼泪不流下来。当然啦，达令夫人帮他刷掉了狗毛，不过，达令先生又开始抱怨说用一只狗当保姆真是个错误。

“乔治，娜娜可是个宝贝。”

“这话没错，但我有时候会很不安，我觉得她把我们的孩子当成小狗崽了。”

“哦，不，亲爱的，我敢肯定她知道他们是有灵魂的。”

“不好说，”达令先生陷入了沉思，“不好说。”达令夫人觉得这是个机会，可以告诉他那个男孩的事情了。刚开始的时候他对这件事很不以为然，但是当达令夫人给他看了影子以后，他又陷入了沉思。

“这个人我不认识，”他仔细看过影子后说道，“但是看起来确实像个坏蛋。”

“我们那时还在讨论，你肯定记得，当时娜娜带着迈克尔的药进来了，”达令先生说，“你不可以再把药瓶叼在嘴里了，娜娜。都是我的错。”

虽然达令先生是个坚强的人，但是毫无疑问，在吃药这件事上，他的行为挺愚蠢的。要说他有一个弱点，那就是他自以为自己从小到大都能勇敢地吃药。所以，当迈克尔躲开娜娜嘴里衔过来的药匙时，达令先生责备他说：“做个男子汉，迈克尔。”

“不要，不要！”迈克尔任性地叫道。达令夫人走出房间，去给他拿了一块巧克力，但达令先生觉得这样做说明父母不够坚定。

“孩子他妈，别宠坏了他，”达令先生在达令夫人身后说道，“迈克尔，我在你这个年纪的时候，吃药时没有一点抱怨，我会说：‘亲爱的爸妈，感谢你们给我吃这些能让我好起来的药。’”

达令先生真的认为这是真的，已经穿上睡袍的温蒂也认为是真的，为了鼓励迈克尔，她说：“爸爸，您经常吃的那种药比这难吃多了，对不对？”

“难吃好几倍呢，”达令先生勇敢地说道，“迈克尔，要是我没把药瓶子弄丢，我现在就给你做个榜样。”

实际上，达令先生没有把药瓶子弄丢，他特意在深夜的时候爬到衣柜上把它藏在了那里。但是他并不知道，耿直的女仆莉萨找到了它，还将它放回了梳妆台。

“爸爸，我知道它放在哪里。”温蒂叫着说，她总是乐意为人效劳，“我去拿。”然后她就跑掉了，达令先生都还来不及阻止她。很快，达令先生的情绪就莫名其妙地变得低落起来。

“约翰，”达令先生发着抖说道，“这药相当吓人，带着又难吃又黏糊糊的，还有点甜的味道。”

“很快就拿过来了，爸爸。”约翰高兴地说道，这时温蒂带着一个玻璃药瓶冲进来了。

“我已经跑得非常快了。”温蒂大口喘着气说道。

“你跑得真是出乎意料的快，”达令先生带有恼意但又不失礼貌地对她说道。“迈克尔先吃。”他坚决地说。

“爸爸先吃。”迈克尔说，他可从不轻易相信人。

“你们也知道，我吃了会呕吐的。”达令先生吓唬他们说道。

“别这样，爸爸。”约翰说。

“别说话，约翰。”达令先生严厉地说道。

温蒂显得很困惑：“我以为您会很轻松地把药吃了呢，爸爸。”

“那不是重点，”达令先生反驳道，“重点是，我瓶子里的药比迈克尔勺子里的多得多。”他那颗骄傲的心简直要爆炸了。“这不公平，我哪怕只剩最后一口气，也要说这不公平。”

“爸爸，我在等着你吃呢。”迈克尔冷漠地说道。

“你这么说当然轻松啦，我也在等着你吃。”

“爸爸是个胆小鬼。”

“那你也是个胆小鬼。”

“我才不会害怕。”

“我也不害怕。”

“那你把药吃了。”

“那你把药吃了。”

温蒂想到一个很棒的主意。“你们两个同时吃，怎么样？”

“当然行，”达令先生说，“你准备好了吗，迈克尔？”

温蒂开始发号令："一，二，三。"迈克尔把药吃了，但是达令先生悄悄把药藏到了背后。

迈克尔愤怒地叫了一声，温蒂也惊叫道："哦，爸爸！"

"你说'哦，爸爸'是什么意思？"达令先生盘问道，"迈克尔，别吵了。我是想吃我的药，可是我——我找不见它了。"

现在三个孩子都用相当可怕的表情看着他，似乎已经不仰慕他了。"往这看，你们几个。"他讨好地说，这时娜娜刚刚进了浴室。"我刚想到一个绝妙的玩笑。我要把我的药放到娜娜的碗里，她会以为这是牛奶，然后把它喝了！"

药的颜色和牛奶的一样。但是孩子们不懂爸爸的幽默，他们用责备的眼神看着达令先生把他的药倒进了娜娜的碗里。"多有意思！"他含糊地说道，达令夫人和娜娜回来的时候，他们也不敢把他揭发出来。

"娜娜，好孩子，"他轻轻拍着娜娜，"我给你碗里倒了一点牛奶，娜娜。"

娜娜摇起尾巴，向那碗药跑过去，舔着喝了起来。接着，娜娜用一种从未见过的表情看着达令先生，那不是愤怒的表情。娜娜爬进狗舍的时候，她的眼里分明流着红色的眼泪，这使我们都为狗的忠诚感到心酸。

达令先生觉得又惊讶又羞愧，但他也不会让步。在一阵可怕的安静中，达令夫人走过去闻了闻那只碗。"噢，乔治，"

她说道，“这是你的药啊！”

“这只是个玩笑罢了。”他吼道，而达令夫人转身安慰着两个男孩，温蒂抱着娜娜。“真好啊，”他挖苦地说，“我拼死拼活还不是为了让全家人开开心心的！”

温蒂仍旧抱着娜娜。“没错，”他大声地喊，“你们都心疼她！没人心疼我。没有！我只是个负责养家糊口的，怎么会有人心疼我——怎么会，怎么会，怎么会！”

“乔治，”达令夫人恳求地说道，“别这么大声，佣人们会听到的。”不知为什么，他们习惯称莉萨为“佣人们”了。

“让她们听吧！”达令先生满不在乎地回答，“让全世界都听到吧，但是我绝不允许那只狗再在我的婴儿室里逞威风了，一刻也不行。”

孩子们哭了，娜娜跑到达令先生面前像是在乞求他，但是他挥手把她赶跑了。他又觉得自己是个有威严的男人了。“白费力，白费力，”他叫道，“你该去的地方是院子，你现在得马上被拴起来。”

“乔治，乔治，”达令夫人小声地说，“别忘了我跟你说的那个小男孩的事。”可惜，他根本没放心上。他决心要让他们看看谁才是这个家的主人。娜娜没有听达令先生的命令，从狗舍里出来。达令先生就用甜言蜜语引诱娜娜出来，然后粗暴地抓住娜娜，把她拖出了婴儿室。他自己感到很惭愧，但是他还是做了。这都是因为他天性太过敏感，他太渴望被孩子们仰慕了。达令先生把娜娜拴到院子里之后，这位可怜的爸爸坐在了走廊上，用手遮住了自己的眼睛。

同时，在一片罕见的安静中，达令夫人已经把孩子们哄上床，并点上了夜灯。孩子们还是能听到娜娜在叫，约翰呜咽着说："他用链子把她锁在院子里了。"不过温蒂更聪明些。

"那不是娜娜不高兴时的叫声，"温蒂说道，不过也没猜到即将要发生什么事情，"那是她预感到危险时发出的叫声。"

危险！

"你确定吗，温蒂？"

"哦，对啊。"

达令夫人颤抖地走到窗户边。窗户已经锁上了。她往窗户外面望去，夜空中洒满了星星。它们都在簇拥着这间房子，似乎都在关心这里马上要发生的事情。但是达令夫人没有注意到这个，也没有注意一两颗小星星在向她眨着眼。一股莫名的恐惧涌上了她的心头，她不禁叫道："哦，我真希望今晚不用去参加晚宴。"

哪怕是快要进入梦乡的迈克尔都感受到达令夫人的不安，他问道："妈妈，夜灯点上了，还有会什么有东西伤害我们吗？"

"不会的，宝贝，"她说道，"夜灯就是妈妈的眼神，它是留下来守护孩子的。"

达令夫人走过一张张床，为孩子们唱着摇篮曲。小迈克尔张开双臂抱住了她。“妈妈，”他叫道，“我喜欢你。”在以后相当长的一段时间内，达令夫人再也听不到这些话了。

二十七号房子离他们家只有几米远，不过由于刚刚下过一场小雪，达令夫妇还是小心翼翼地在路上走着，生怕弄脏了鞋子。他们是街上唯一的行人，所有的星星都在看着他们。星星很美，但是它们没法主动参与到人们的生活中来，它们永远只能远远地旁观。这是它们因很久以前做的某件事情而受到的惩罚,现在已经没有星星知道那件事情是什么了。所以咯，年纪大点的星星变得双眼无神，沉默寡言了（眨眼睛是星星在说话），但是年纪小点的星星还在好奇。它们对彼得其实算不上友好，因为他太调皮捣蛋了，经常偷偷跑到它们身后想要把它们吹灭。不过它们太爱玩了，所以今晚它们站在他这一边，着急想要把大人支开。所以当二十七号房子的大门在达令夫妇进去后关上之际，天空中出现了一阵骚动。银河里那颗最小的星星大声喊道：

“就是现在，彼得。”

第三章　走开！走开！

达令夫妇离开房间后的那一会儿，三个孩子床边的夜灯还亮着。它们可是非常贴心的三盏夜灯。而我们都希望它们能一直清醒着看到彼得。不过温蒂的那盏夜灯眨了下眼，然后打了一个哈欠，使得另外两盏夜灯也打起了哈欠。它们都还没来得及闭上嘴巴就熄灭了。

这时候，房间里出现了另外一道光，比那三盏灯要亮一千倍。就在我们说话间，这道光为了找到彼得的影子，已经搜寻了婴儿室里所有的抽屉、衣柜，还有每一个口袋。它其实并不是灯光，只是因为它飞得太快了所以看起来像是发出光一样。但是等它停下来的时候，你会发现它是个小仙子，和你的手掌一般大小,但是它一直在生长。这位小仙女叫作叮当，穿着用枯叶做成的精致礼服。平角设计的低开领口礼服刚好衬托了她的曼妙身段。她看起来还稍微有些丰满。

仙子进来后没多久，窗户就被天上的小星星吹开了，彼得跳了进来。他捎了叮当一段路，所以他的手上沾上了仙女的魔法粉。

“叮当。”他轻声地呼唤，他已经确定孩子们都睡着了。“叮当，你在哪儿呢？”她在一个罐子里待了一会，她可喜欢这个罐子了，因为她从来没有在罐子里待过。

“哦，快点从罐子里出来。跟我说说，他们把我的影子放哪里了？”

这时候，一个银铃般的最可爱的声音回答了他。这是仙子用于交流的语言。普通的小孩子是听不到的，但是要是你能够听到，你就知道你以前也听到过这声音。

叮当说影子被放在一个大盒子里面了。她指的是那个五斗橱。彼得立刻跳到抽屉前，用两只手把里面的东西都翻到了地上，就像国王们把半便士的硬币扔到了人群里一样。不一会儿，他就找到了自己的影子，高兴之余，他都忘记叮当被他关在抽屉里了。

要是他思考过，不过我猜他并没有想过，他会想到他跟他的影子一靠近，他们就能像水滴和水一样融为一体，可是他们并没有，这可让他吓坏了。他试着用一块从浴室里找来的肥皂把他们粘起来，但还是失败了。彼得吓得发抖，坐在地上哭了起来。

他的哭声吵醒了温蒂，温蒂从床上坐了起来。她看到一个陌生人在婴儿室地板上哭时，她一点也不慌张。相反，她显得非常好奇。

“男孩，”她礼貌地问道，“你为什么哭呀？”

彼得也表现得非常礼貌，他在仙子的庆典上学过庄重的礼节。他优雅地站起来向温蒂弯腰致意。温蒂很高兴，也在床上优雅地弯了一下腰。

“你叫什么名字？”他问道。

“温蒂·莫伊拉·安琪拉·达令。”她高兴地回答，“你的名字是什么？”

“彼得·潘。”

虽然温蒂确信他就是彼得，不过这个名字听起来有点短。

“就这些吗？”

“对。”他尖着嗓音回答。他第一次觉得自己的名字有点短。

“不好意思。”温蒂·莫伊拉·安琪拉说道。

“没关系的。”彼得哽咽了一下。

她又问他住哪儿。

“右边第二条路，”彼得说，“然后直走，一直走到早上。”

“这地址很好笑！”

彼得心头一沉，他第一次觉得这个地址很滑稽。

“不，它不好笑。”

“我的意思是，”温蒂想起自己可是女主人呀，于是温柔地说道，“信上写的地址就是这个吗？”

他真希望她没有提到“信”这个东西。

“我从来不收信。”他轻蔑地说道。

“那你会收妈妈的信吧？”

“我没有妈妈。”他说道。他不仅没有妈妈，更没有想过要一个妈妈。他觉得人们把“妈妈”看得太重要了。而温蒂立刻意识到她面前似乎发生了一场悲剧。

“哦，彼得，怪不得你在哭。”她说道，然后爬下床向他跑过去。

“我不是因为没有妈妈而哭，”他生气地说，“我哭是因为我没法把我的影子粘上了。还有，我没有哭。”

“影子脱落下来了？”

然后，温蒂就看到了地上的影子，被拖得脏兮兮的。她心里很同情彼得。“真糟糕！”温蒂说道，不过当她知道他想要用肥皂把影子粘回去的时候，她就忍不住笑了起来。真是不折不扣地像个小男孩干的事！

幸好她立刻就知道该怎么办了。“得把它缝回去。”温蒂带着一点监护人的口气说道。

“什么是缝？”他问。

“你真是笨得可以呢！”

“不，我不笨。”

温蒂就是觉得他的笨特别好笑。“我会帮你把影子缝回去的，小家伙。”她说道，尽管他跟温蒂一样高。温蒂拿出了她的针线盒，然后把那个影子缝到了彼得的脚上。

“我猜这会有点疼。”她警告地说。

“哦，我才不会哭呢。”彼得说道，他可是觉得自己这辈子都不会哭的。他咬紧牙关，没有哭出来。很快，他的影子很听话地被缝回去了，虽然还是有点皱巴巴的。

“或许我应该先把它熨平。”温蒂仔细想了想说道，但是因为彼得是男生嘛，没有把外表当回事。他现在可是高高兴兴地在房间里跳来跳去呢。哎呀，他都忘了，多亏温蒂，他才能像这样开心。他以为是他自己把影子缝回去的。“我真聪明！”他扬扬自得地说，“我真是太聪明了！”

要承认彼得的自大是他最吸引人的品质，这是挺丢脸的。我们可以直白点说，再也找不到一个比他还自大的孩子了。

但这时候温蒂很吃惊。“你真自大，”她挖苦地说道，“我当然什么都没做。”

“你还是做了一点的。”彼得漫不经心地说了句，继续跳起了舞。

“只是一点！”温蒂摆起谱来，“要是我没有作用的话，那我还是回床上睡觉去吧。”温蒂满怀尊严地跳上了床，并用毯子盖住了自己的脸。

为了让温蒂抬头看彼得，彼得假装要离开。彼得发现这个行不通之后，坐在床尾用脚轻轻地踢她。“温蒂，”他说，“别睡。温蒂，当我自满的时候，我就忍不住夸自己。”虽然温蒂没有抬头看他,但是温蒂听得可仔细了。“温蒂，”他继续说道，没有哪个女人可以抵挡得住这种语气，“好温蒂，一个女孩可比二十个男孩都有用呢。”

虽然温蒂长得不高，但是她可是个不折不扣的女孩子。她从被子下面偷偷看着彼得。

“你真的这么想吗，彼得？”

“对呀。”

“我觉得你很好，”温蒂很正式地说道，“那我再起床一次吧。”她挨着彼得坐到了床边。她还说要是彼得喜欢，就给他一个吻。但是彼得不知道吻是什么，于是他伸出手满怀期望地看着她。

“你真的不知道吻是什么吗？”她吃惊地问他。

“你给我，我就知道了。”他顽固地回答。为了不伤害彼得的心，温蒂给了他一个顶针。

“那，”他说，“我该还给你一个吻吗？”温蒂有点拘谨地回答，“要是你愿意的话。”温蒂把自己的脸往他那凑过去，看起来有点轻薄，但彼得只是往她手里放了一个橡子纽扣，于是温蒂慢慢地把脸转了回去，然后温柔地说她会用链子把这个吻系在脖子上。说起来真是幸运，多亏她把这个橡子纽扣系到脖子上了，因为后来它可是救了她的命呢！

在我们这地方，当几个人互相介绍以后，通常会问对方的年龄。于是一直喜欢做适当的事情的温蒂就询问了彼得的年龄。这对彼得来说可不是轻松的问题,有点像是出了一张卷子，你希望被问的问题是“英国的国王是谁”，但是它问的却是语法问题。

“我不知道，”他看起来有点不安，“但我年纪还小着呢。”他真的不知道，他自己也只是猜测而已。不过后来在一次冒险的时候，他说：“温蒂，我在出生那天就逃跑了。”

温蒂听完感到既惊讶又好奇。接着，温蒂按待客礼仪碰了碰自己的睡衣，示意他可以往她那里坐一点。

“因为我听到我爸爸妈妈，”他小声地解释说，“在谈论我长大后会做什么。”忽然他变得非常激动起来，“我不想当个大人，”他嚷道，“我想永远做个孩子，开开心心的，所以我跑到肯辛顿花园跟仙子们住了很长很长一段时间。”

温蒂用她那最崇拜的眼神看着彼得，彼得觉得是因为自己说到逃跑这件事了，但其实是因为他认识仙子们。温蒂过惯了家庭生活，所以在她看来，能够认识仙子们会是相当有意思的事情。温蒂一下子提出好多关于仙子的问题，这让彼得很惊讶，因为他一直觉得仙子们非常烦人，她们还会挡他的路，有时候他还得躲着她们。不过大体上，他还是喜欢她们的，所以彼得跟温蒂说起了仙子们的由来。

“是这样的，温蒂，在第一个婴儿发出第一声笑声时，这个笑声会分成一千块碎片，这些碎片会到处跳来跳去，每一块碎片都会变成一个小仙子。”

这个故事其实很无聊，但是由于温蒂没怎么出过门，所以喜欢听这个故事。

“所以咯，”他继续温柔地说，“每个男孩女孩都应该会有一个仙子。”

“应该会有？不是都有吗？”

“不。现在的孩子们知道很多很多事情，他们很快就不相信仙子的存在了。每次哪个孩子说‘我不相信仙子的存在’，某个地方就会有个仙子掉下来死掉了。”

彼得真的觉得他们已经聊了太多有关仙子的故事了，他突然想到叮当可是一直没说话呢。“我不知道她去哪儿了。”彼得站起来说道，呼唤起叮当的名字。温蒂的心突然激烈地跳动起来。

“彼得，”她抓住他的手叫道，“你该不会在说房间里有个仙子吧！”

“她刚才还在这呢，”他有点不耐烦地说道，“你有没有听到她的声音？”两个人竖起耳朵仔细听着。

“我只能听到一个声音，”温蒂说，“有点像是铃铛声。”

“嗯，那是叮当。那是仙子的语言。我觉得我也听到了。”

声音是从抽屉里传出来的，彼得听到后露出欢快的笑容。没有人笑得比彼得更开心，也没有人笑得比彼得更可爱了。他还保留着他的第一声笑。

“温蒂，”他高兴地小声说道，“我觉得我把她关到抽屉里了。”

彼得把可怜的叮当放了出来，于是叮当在婴儿室里到处飞来飞去，生气地大叫：“你不应该说这些事的！”彼得反驳说：“我当然也觉得很抱歉，可我怎么知道你在抽屉里？”

温蒂可没有听他讲话。“哦，彼得，”她叫道，“要是她能停下来让我见见她就好了。”

“她们几乎不会停下来的，”他说道。不过有那么一瞬间，温蒂看到这个小家伙停在布谷鸟时钟上。“哦，真是可爱啊！”温蒂叫道，不过，叮当还是绷着脸。

“叮当，”彼得友好地说道，“这位小姐说她希望你做她的仙子。”

叮当毫不客气地作出回应。

“彼得，她说了什么？”温蒂问。

彼得只好给温蒂翻译叮当的话，“叮当很不礼貌。她说你是又大又丑的姑娘，还说她是我的仙子。”

彼得想跟叮当争辩下，他说道：“你很清楚，你不能做我的仙子，叮当。因为我是男生，你是女生。”

叮当回应他说：“你这个笨蛋”，然后就在浴室消失不见了。

“她就是个再普通不过的仙子，”彼得带有歉意地对温蒂说道，“她的名字叫作叮当，因为她专门修理瓶瓶罐罐之类的东西。”

他们坐到了扶手椅上，温蒂又问了他更多的问题。

“如果你现在不住在肯辛顿花园了——”

“有时候还是会去住的。”

“那你大多数时间住哪儿呢？”

“跟走丢的孩子住在一块。”

“他们是谁？”

“他们是那些在保姆往别处看的时候，从婴儿车里掉出来的孩子。要是七天内没有人把他们领回家，为了节省开支，他们会被送到无忧岛。我就是领头的。”

“那一定很有意思！”

“没错，”机灵的彼得说道，“不过我们很孤单。因为我们没有女孩子做伴。”

“这些孩子中没有一个是女孩吗？”

“没有，你也知道，女孩子嘛，都很聪明，不容易从推车里掉出来。”

温蒂听到这句话可开心了。“我觉得，”她说道，“你真好，能够这样夸奖女孩子。那边的约翰可是一直看不起我们女孩子呢。”

为了回应温蒂说的话，彼得起身一脚把约翰连同毯子，还有其他东西踢下了床。温蒂觉得第一次见面，彼得做出这种行为太无礼了。她激动地告诉彼得，在这间房里，他可不是领头的。不过，约翰仍然在地板上静静地睡着，于是温蒂还是同意彼得留在房间里了。“我知道你的本意是好的，”温蒂变得温和起来，“你可以给我一个吻。”

说这话的时候，温蒂忘了他并不知道吻是什么。“我就知道你会把它要回去。”他有点伤心地说道，然后拿出顶针还给温蒂。

“哦，亲爱的，”温蒂温柔地说，“我的意思不是吻，我的意思是顶针。”

“顶针又是什么？”

“像这样。”温蒂亲了他一下。

“真有意思！”彼得严肃地说道，“那我现在应该给你顶针吗？”

“如果你愿意这样做的话。”温蒂说道，这次她把头摆正了。

彼得给了她这个特别的“顶针”，温蒂立刻就尖叫起来。“怎么了，温蒂？”

“好像有人在扯我的头发。”

“那一定是叮当。我还不知道她这么淘气呢！”

实际上，叮当气得飞来飞去，还不停地说着难听的话。

"温蒂，她说每次我给你'顶针'的时候，她就会这样做。"

"不过，为什么呢？"温蒂问。

"叮当，为什么？"彼得问。

叮当又回应他说："你这个笨蛋。"彼得不明白为什么，但是温蒂明白了。而且温蒂在听到彼得承认他来婴儿室不是来看她，而是来听故事的时候，她是有点失望的。

"我不知道怎么讲故事，那些走丢的孩子也不知道怎么讲故事。"

"那真是糟糕啊。"温蒂说。

"你知道吗？"彼得问道，"燕子为什么在房檐下搭窝筑巢？它们也是来听故事的呢！哦，温蒂，你妈妈就跟你讲过一个很好听的故事。"

"哪个故事？"

"就是有个王子找不到穿着玻璃鞋的女孩的故事。"

"彼得，"温蒂激动地说，"那是《灰姑娘》，他后来找到她了，然后他们幸福地生活在了一起。"

彼得听着特别高兴，他从他们坐着的地上站了起来，急匆匆地向窗户跑去。

"你去哪儿？"温蒂有点担心地说道。

"告诉其他孩子去。"

"别去，彼得，"温蒂恳求地说，"我还知道好多故事呢！"

这些话字字都是她的原话。所以，不可否认，是温蒂先勾起了彼得的兴趣。

彼得回过头来，眼睛里露出了贪婪的神色，这本来应该会吓到温蒂的，不过她并没有被吓到。

“哦，我可以给孩子们讲故事。”她叫道。接着，彼得用力抓着温蒂，把她往窗户边拉去。

“放开我！”温蒂命令他。

“温蒂，跟我来，去给孩子们讲故事吧。”

温蒂受到了邀请当然开心，不过她说道：“天啊，不行的。我妈妈不会同意的。再说了，我又不会飞。”

“我教你。”

“哦，能飞那就太好了。”

“我教你怎么跳到风的背上，然后我们就能走啦。”

“哦！”她欢天喜地地叫了起来。

“温蒂，温蒂，你不用傻傻地躺在床上睡觉，你可以跟我一起到处飞，还可以给星星讲故事呢！”

“哦！”

“还有呀，温蒂，那儿还有美人鱼呢。”

“美人鱼！有尾巴吗？”

“尾巴还很长呢。”

“哦，”温蒂叫起来，“去看美人鱼咯！”

彼得真是聪明绝顶。“温蒂，”他说，“我们会很佩服你的。”

温蒂焦虑不安地扭动着身体。她努力想留在婴儿室的地板上。

不过彼得可管不了那么多了。

“温蒂，”这个狡猾的孩子说道，“晚上的时候你还可以帮我们盖好被子呢！”

“哦！”

“晚上的时候都没人帮我们盖被子呢。”

“哦。”温蒂向他伸出了双手。

“而且你可以给我们缝衣服，还可以给我们做口袋。我们的衣服都没有口袋呢！”

听到这些话，温蒂再也忍不住了。“这真是太吸引我了！”她叫道，“彼得，你也教教约翰和迈克尔怎么飞吧？”

“那好吧，”彼得平淡地说了一句，然后温蒂就跑到约翰和迈克尔的床前，把他们摇醒了。“快起来，”她叫道，“彼得·潘来了，他要教我们怎么飞。”

约翰揉了揉他的眼睛。“那我起来好了。”他说道。他本来就已经在地上了。“哎，”他说，“我已经起来了。”

这时候，迈克尔也起来了，兴奋的眼神就像一副带着六刃和一根小锯的锋利的组合刀具一样。这时候，彼得示意他们要安静。他们的脸上露出一种狡黠的笑容，竖起耳朵倾听大人世界里的响动。房间里静悄悄的，接着一切都正常了。不，等一下。一切都不正常。娜娜一整晚都在悲伤地吠叫，这时候却安静了。他们听到的是娜娜的沉默。

“关灯！藏起来！快！”约翰喊道，这是他在整个冒险过程中唯一一次下达命令。就这样,在莉萨牵着娜娜进来的时候，婴儿室还是老样子，一片漆黑，而且你还可以肯定地说，你听到了这三个小家伙睡觉时天使般的呼吸声。但这可是他们躲在窗帘后面故意假装发出的呼吸声。

莉萨这会儿脾气不好，因为她正在厨房里准备圣诞布丁，结果娜娜莫名其妙的起疑使她不得不丢下布丁，走出来了，脸上还粘着一颗葡萄干。她觉得让娜娜安静的最好办法就是带娜娜去婴儿室一趟，不过，当然她得看管好娜娜。

“好了，你这个多疑的家伙，”莉萨说道，丝毫不管娜娜难为情的样子。“他们安全极了，对不对？每一位小天使都在床上睡得香香的。你听听他们轻轻的呼吸声。”

这时候，迈克尔看到成功了，便开始大声地呼起气来，这几乎暴露了他们。娜娜辨认出这种不同往日的呼吸声，于是她想挣脱莉萨的控制。

但是莉萨很迟钝。“够了，娜娜，”她严厉地说，并且把娜娜牵出了房间。“我警告你，要是再叫一声，我就去找先生和夫人，从晚宴里请他们回来，那时候，哦，先生会不会拿鞭子抽你呢？”

莉萨又把不开心的娜娜绑回去了，不过，你真的觉得娜娜不会再叫了吗？那就把先生和夫人从晚宴请回来好了。为什么不呢？这正合娜娜的心意。只要她的小主人们都安全，她会在乎会不会被鞭子抽吗？可是呢，莉萨回去做布丁了。而娜娜一看指望莉萨是指望不上了，便不停地用力把链子扯来扯去，终于她挣脱了。不一会儿，她冲进了二十七号房子的餐厅，然后猛刨地面，这是她最具表现力的沟通方式。达令夫妇一看就知道婴儿室肯定发生什么坏事了，于是他们来不及跟女主人道别，就匆匆忙忙地飞奔到大街上。

这时候，距离三个小家伙在窗帘后面假装发出睡觉时的呼吸声已经过去十分钟了。在这十分钟里，彼得·潘可是能做相当多的事情呢！

我们现在回到婴儿室这边。

“没事了，”约翰从藏身的地方跳出来正式说道，“我说，彼得，你真的能飞吗？”

彼得懒得回答他，直接在房间里飞了起来，还顺手拿起了壁炉架上的灯。

“真是太厉害了！”约翰跟迈克尔齐声说道。

“真棒啊！”温蒂叫了起来。

“是呀，我很棒。哦，我很棒！”彼得说道，他又得意忘形了。

这看起来很轻松，他们先在地板上试了一下，又在床上试了一下，但他们总是掉下来，都没能飞起来。

“我说，你是怎么做到的？”约翰一边揉着膝盖一边问道。他可是个实在人。

“只要心里想着高兴的事就行，”彼得解释说，“它们会把你托在空中的。”

他又向他们演示了一遍。

“你做得太快了，”约翰说，“你就不能放慢速度，再给我们示范一次吗？”

于是彼得以快的和慢的速度分别示范了一次。“我懂了，温蒂！”约翰大声叫起来，不过，很快，他发现自己并没有懂。他们没有一个能飞几厘米高。虽然就识字来说，迈克尔认得两个音节的单词，而彼得连“A”到“Z”的二十六个字母都认不全。

当然啦，刚刚是彼得在逗他们玩呢！因为要是身上没有仙子的魔法粉，谁都飞不起来的。幸运的是，正如之前提到过的那样，彼得的手上还粘着魔法粉，他往他们的身上吹了一点，接下来便发生了非常奇妙的事情。

“现在，像这样抖动你们的肩膀，”彼得说道，“然后，飞起来。”

他们都在床上准备着，而勇敢的迈克尔先飞起来了，他其实不太想飞起来，但是他做到了，不一会儿他就在房间里到处飞来飞去了。

“我飞起来了！”他在半空中大声叫起来。

约翰也飞起来了，然后在浴室附近遇到了温蒂。

“哦，真是太棒了！”

“哦，真是酷毙了！”

“快看我！”

“快看我！”

“快看我！”

他们没有彼得飞得那么优美，而且还总是忍不住蹬几下腿。可是他们的脑袋都能碰到天花板了，还有什么比这个更让人兴奋呢？刚开始的时候，彼得给温蒂搭了把手，可是看到叮当已经非常生气了，彼得只能把手收了回来。

他们一上一下，一圈又一圈地飞着。用温蒂的话说，这像是到了天堂一样。

“我说，”约翰叫道，“我们干吗不出去呢？”

彼得忙了一大圈，当然就是为了要诱惑他们这样做。

迈克尔准备好了，他想看看飞十亿英里要花多长时间。不过温蒂犹豫了。

“美人鱼哦！”彼得又说了一遍。

“哦！”

“还有海盗呢。”

“海盗，”约翰叫了起来，然后他抓起自己礼拜天戴的帽子说，“我们现在就出发吧！”

就在这时，达令夫妇跟娜娜刚刚从二十七号住宅冲出来。他们跑到了大街上，抬头往婴儿室的窗户看过去。没错，窗户还是关着的，不过房间里有亮光闪烁，而最令他们揪心的是，他们看到从窗帘上印出来的三个小家伙的影子，小家伙们正穿着睡衣在一圈一圈地绕着，但不是在地上，而是在空中。

不对，不是三个小家伙，是四个！

他们颤巍巍地打开了大门。达令先生本来是准备冲上楼的，不过达令夫人示意他要轻点，她甚至努力让自己的心跳声也轻一点。

他们能不能及时赶到婴儿室呢？要是能赶到的话，他们会多开心啊，而我们也都能松一口气了，不过那样的话，就没有接下来要发生的故事了。但另一方面，要是他们没有及时赶到，我可以郑重地保证，结局肯定是圆满的。

要不是因为天上的小星星在监视着他们，他们是可以及时赶到婴儿室的。这些小星星又一次把窗户吹开了，其中一颗最小的星星喊道：

“小心，彼得！”

于是，彼得便知道时间不多了。“来吧！”他急切地命令道，立即飞进了夜空中，约翰、迈克尔，还有温蒂紧随其后。

达令夫妇和娜娜冲进婴儿室的时候已经太迟了。孩子们像小鸟一样飞走了。

第四章　飞行

“右边第二条路，然后一直走，一直走到天亮。”

彼得告诉温蒂的这条路是通往无忧岛的。可就算“鸟儿们”带着地图，并在风的边缘处查看了地图，也没法找到这个地方。因为彼得也就是随口那么一说的。

起初，他的小伙伴们毫无保留地信任他。他们的心里充满了飞行的喜悦，一路上看到教堂塔尖或者其他高高的建筑，都会在那儿盘旋一段时间。

约翰跟迈克尔比赛谁飞得快，迈克尔飞在了前面。

他们回想起来，不久前，他们还觉得自己能在房间里飞起来是相当了不起的事呢，现在觉得那些都不值一提了。

不久前，是已经过了多久了呢？温蒂这样想的时候，他们已经飞越过一片海了，她开始担心了。约翰认为这是他们飞越的第二片海，度过的第三个夜晚了。

天时暗时亮，他们有时觉得很冷有时觉得很热。而有时，真不知道他们是真的饿了还是一点都不饿，因为彼得总有新奇的办法使他们填饱肚子。他的办法就是追赶那些嘴里衔着人类可以吃的食物的鸟儿，从它们那把食物抢过来。然后鸟儿们也会追着他们再把食物抢回去。他们就这样欢乐地互相追了几千米，最终向彼此表达了善意的祝福后，分别了。不过温蒂有点担心，她注意到，彼得似乎没意识到这种寻找食物的方法有多古怪，更不知道还有寻找食物的其他方法。

当然，他们困倦了，这可不是假装的，他们是真的困了。这样子很危险，他们一不留神就会掉下来。更糟糕的是，彼得认为这样很有意思。

“看，他又来了！”彼得开心地叫起来，他看到迈克尔突然像石头一样向下坠落。

“快救他，快救他！”温蒂喊道，她看着底下冷酷无情的大海害怕极了。彼得从空中俯冲下去，在迈克尔差一点撞到海面的时候把他抓住了。彼得的表现很精彩，但是他总是等到最后一刻才这么做，你就会觉得，他只是想卖弄他的敏捷，而不是拯救人命。而且彼得的爱好广泛，上一秒钟他觉得很有趣的事情，在下一秒钟他就兴致全无了，所以呀，下一次你下坠的时候，他可能就不管你了。

他可以躺着，漂浮在空中睡觉，而且不会掉下去，部分原因是他太轻了。你在他后面用力吹，甚至可以让他飞得更快。

当他们在玩“跟我学”的时候，温蒂小声地跟约翰说：“对他礼貌点。”

“那就让他别老是显摆自己。”约翰说道。

在玩“跟我学”的时候，彼得会飞近海面，触摸途经的鲨鱼的尾巴，就像在大街上你用手指划过铁栏杆一样。他们没法学彼得做这个，所以这看起来就像是彼得在显摆自己，尤其是彼得还总是回头看他们漏摸了多少条鲨鱼的尾巴。

“你们必须对他有礼貌，”温蒂一再对两个弟弟强调，“不然他丢下我们，那该怎么办？”

“我们可以回去。”迈克尔说道。

“要是没有他，我们怎么找到回家的路？”

“那我们就继续飞下去。”约翰说。

“那可不是好事，约翰。我们只能继续飞下去，因为我们不知道怎么停下来。”

这话没错，彼得忘记告诉他们怎么停下来了。

约翰说要是最糟的事情发生了，那他们也只能继续往前飞，因为地球是圆的，所以他们总能回到自己家的窗口。

“那谁给我们找吃的呢，约翰？”

“我刚才可是从老鹰嘴里抢了一块吃的过来呢！温蒂。”

“那也试了二十次呢！”温蒂提醒他说，“就算我们能熟练地找吃的，要是他不在我们身边搭把手，我们怎么避开乌云和其他东西呢？”

他们确实一直撞到这些东西。他们现在飞得不错，不过蹬腿的次数还是太多了。如果他们看到面前有一朵乌云，他们越想避开它，就越容易撞到它。如果娜娜跟他们在一起，这时候，她肯定会给迈克尔的额头绑上绷带。

这时候，彼得不在他们身边，他们觉得自己在空中飞着，很孤独。彼得比他们飞得快多了，有时候突然就从他们的视野中消失，独自冒险去了。有时候，彼得跟星星讲了一个很有趣的笑话，大笑着飞下来，但是笑话的内容是什么，他已经忘得一干二净了。有时他飞上来，身上还粘着美人鱼的鳞片，但他说不清到底发生了什么事情。这对那些没见过美人鱼的孩子们来说，可真是气人。

“要是他忘得那么快，”温蒂分析说，“那我们怎么能指望他一直记得我们呢？”

实际上，有几次，彼得回来的时候，他是记不得他们的，至少记得不太清楚。温蒂很确信这一点。温蒂看到了彼得眼里觉得他们很陌生，就在他正要跟他们打招呼时，然后向前飞的时候。甚至有一次，温蒂还叫住了他。

“我是温蒂。”她生气地说道。

彼得觉得很过意不去，“我说，温蒂，”他小声地跟她讲，“你要是发现我忘记你了，你就一直说‘我是温蒂’，这样我就能记起来了。”

这个回答当然不能让温蒂满意。但是作为补偿，彼得教给他们怎样在强力的顺风中平躺下来。这回他们挺满意的，在试过几次以后，他们发现已经能够安安稳稳地睡觉了。他们本来可以睡更久的，不过彼得很快就厌倦了睡觉，他发号施令了：“我们从这下去！”虽然一路上偶尔有争吵，但是，总的来说，他们还算是欢乐的。慢慢地，他们往无忧岛靠近。经过好几个夜晚后，他们终于到了，一路上也相当顺利，这不只是因为有彼得或叮当的带领，更是因为这座岛在盼望着他们。也只有这样，人类才可能看到这些奇妙的海岸。

“就是这里了。”彼得平静地说道。

“哪里，哪里？”

“就是所有箭头指的地方。”

那里确实有一百万支金色的箭头在为孩子们指着路呢！这些箭头都是他们的朋友——太阳射出的，它希望孩子们在夜晚来临前，能够认清路线。

温蒂、约翰，还有迈克尔踮起脚站在半空中，他们第一次看到了整个小岛的样子。奇怪的是，他们一下就认出了这座岛，他们似乎并不感到害怕，而是朝它欢呼起来。这不像是终于看到期待已久的地方，而更像是假期回家遇见老朋友。

“约翰，那里有片湖。”

“温蒂，快看，乌龟在沙滩上埋蛋呢！”

“我说，约翰，我看到你那只瘸腿的火烈鸟了。”

“看哪，迈克尔，那里还有你的洞。”

“约翰，灌木林里是什么？”

“是狼妈妈和她的宝宝。温蒂，我肯定那就是你的小狼宝宝。”

“我的船在那里呢，约翰，两边都撞出洞来了！”

“才不是呢，因为我们已经烧掉你的船了。”

“就是它。我说，约翰，我看到印第安人的营地冒出烟来了。”

“在哪儿？快指给我看，我可以从烟的形状看出他们是不是在打仗。”

“就在那儿，神秘河的对面。”

“看到了。没错，他们肯定在打仗。”

彼得看到他们知道那么多东西，心里感到有点恼火，不过要是彼得想在他们面前逞逞威风，那他的机会来了，因为我告诉过你们，他们很快便会感到恐惧了。

当那些箭头消失，整座岛陷入了黑暗之中，恐惧就随之而来了。

以前在家的时候，每到睡觉时间，无忧岛便会暗下来，变得令人害怕。接着，岛上便会出现一片未知地带，并且不断扩大，黑影在里面移动，就连捕食的野兽发出的号叫声也不同了。但最重要的是，你这时已经没有获胜的信心了。那几盏点亮的夜灯给了你一些慰藉。你非常希望这时候娜娜在身边，跟你说那只是壁炉架，告诉你无忧岛都是想象出来的。

当然啦，在家里的那些日子，“无忧岛”一直都是被想象出来的，但是现在，它真真实实地存在着。这里没有夜灯，天色也越来越黑，而娜娜在哪儿啊？

他们之前一直是分散着飞的，现在他们都聚拢到彼得身边了。彼得那副漫不经心的样子已经消失得无影无踪了，他的眼睛在发光，每次他们碰到彼得的身体时，就会感觉到一阵刺痛。现在他们在这个可怕的小岛上空飞着，他们飞得很低，有时候，他们的脚都碰到了树。在空中，他们还没见到什么恐怖的东西，可是他们飞得又慢又累，就好像有什么力量把他们推回去一样。有时候，他们停滞在半空中，等彼得用拳头朝空气挥打以后才能继续飞。

“他们不想让我们登陆岛。”彼得解释说。

“他们是谁？”温蒂颤抖着小声说道。

但是彼得不愿意也不能告诉他们。叮当一直在他的肩膀上睡着，现在彼得把她叫醒了，让她飞去前面。

有时候彼得会停在半空中，用手放在耳朵旁边认真地听声音，然后会再次盯着下方，眼中的光芒亮得仿佛能把地面钻出两个洞来。做完这些后，他又继续往前飞了。

他的勇气真是惊人。“你现在想要冒险吗？”彼得随意地问约翰，“还是想先喝杯茶？”

温蒂立刻就说“先喝茶”，迈克尔感激地牵着她的手，但是勇敢的约翰犹豫了。

“什么样的冒险？”他谨慎地问道。

“我们下面的草原上睡着一个海盗，”彼得跟他说道，“要是你愿意，我们可以下去把他杀掉。”

“我没看到他。”约翰过了好一会儿才说道。

“我看到了。”

“假如，”约翰有些沙哑地说道，“他醒过来，我们怎么办？”

彼得气愤地说道，“你不会以为我会在他睡着的时候杀掉他吧？我会先弄醒他，然后把他杀掉。这是我一直以来的做事风格。”

“哟，你杀了很多海盗？”

“不知道杀多少吨了。”

约翰说“酷毙了”，不过他还是决定先去喝杯茶。约翰问道刚才岛上是不是有很多海盗，彼得说自己从没见过这么多的海盗。

“现在谁是海盗船长？”

“胡克。”彼得回答说，不过一说到这个令他憎恨的名字，他的脸就绷得紧紧的。

“詹姆斯·胡克？”

“对。”

然后迈克尔就真的开始哭了，连约翰也哽咽起来了，因为他们听说过胡克的恶名声。

“他就是黑胡子的水手头领，”约翰沙哑着嗓子说道，“他是最坏的家伙，也是巴比克唯一害怕的人。”

“就是他。”彼得说。

“他长什么样？块头大吗？”

“他现在的块头没以前大。”

“这是什么意思？”

“我把他的身体砍掉了一块。”

“你？！”

“没错，是我。”彼得厉声说道。

“我刚才无意冒犯你。”

“哦，没事。”

“但是呀，你砍掉了他身上的哪一块？”

“他的右手。”

“那他现在能打仗吗？”

“怎么不能？”

“他是左撇子？”

“他没有了右手但是有一只铁爪子，他就用它抓东西。”

“爪子！”

“喂，约翰。”彼得说道。

“嗯？”

“说‘是，是，长官’。”

“是，是，长官。”

“还有一件事，”彼得继续说道，“要是想在我手下做事就必须答应，你们也一样。”

约翰的脸变得惨白。

“是这样，如果我们与胡克打仗了，你们必须把他留给我。”

“我答应你。”约翰忠诚地说。

从这刻起，他们没有那么害怕了，因为叮当就在他们旁边，她发出的光让他们能够看清彼此。不过她不能飞得像他们那么慢，所以她只能在他们头上打转，仿佛他们的头顶着一个飞着的光环似的。温蒂很喜欢这样，但是彼得后来指出了缺点。

“她跟我说，”彼得开口说道，“海盗们在天黑前就已经发现我们了，他们把‘长脚汤姆’也叫来了。”

“是那个大炮吗？”

“对。而且他们肯定看到了叮当的亮光，要是他们猜到我们就在她旁边，他们一定会开火的。”

“温蒂！”

“约翰！”

“迈克尔！”

“让她赶紧走开，彼得。”三个小家伙不约而同地喊道，但他不同意。

“她觉得我们已经迷路了，”彼得顽固地说道，“她也很害怕。你们该不会以为我会在她害怕的时候让她独自飞走吧？”

有那么一会儿，光圈断了一下，有个小东西亲昵地掐了一下彼得。

“那跟她说，”温蒂乞求道，“让她把亮光熄灭掉。”

“她没办法熄灭亮光。这是仙子唯一没办法做的事。只有在睡觉的时候她才不会发光，就像星星那样。”

“那就快让她睡觉。”约翰几乎像命令一样说道。

“她只有困了才会睡。这是仙子没办法做的另一件事。”

“照我看，”约翰咆哮地说，“这两件事才最值得做！”

这时约翰也被掐了一下，但这次可不是亲昵的表示。

“要是我们谁有一个口袋，”彼得说道，“我们就可以把她放在里面了。”不过他们出发时太急了，都没有带口袋。

彼得想到一个有用的办法，那就是约翰的帽子。

叮当同意坐在帽子里，但是要求他们要把帽子捧在手上。帽子由约翰捧着，不过叮当希望由彼得捧着她。没过一会儿，温蒂就接过了帽子，因为约翰说，在他飞行的时候，它顶到他的膝盖了。这下我们就要看到一场恶作剧了，因为叮当很讨厌欠温蒂的人情。

亮光已经被黑帽子完全遮住了，他们也安静地飞行着。世上最深的寂静正笼罩着他们，偶尔被远处传来的舌头舔舐东西发出的声音打破，这时彼得会跟他们解释，那是野兽在小河边喝水。而有时寂静会被刮擦声打破，可能是树枝在相互摩挲，不过按彼得的说法，那是印第安人在磨刀呢！

后来连这些声音都没有了。对迈克尔而言，孤单是最可怕的。“要是有东西发出声音该多好！”他叫道。

似乎是在回应他的话一样，一声巨响划破了空气。海盗们朝他们发射了“长脚汤姆”。

它呼啸着穿过群山，这回声像是在凶猛地嘶吼道：“他们在哪儿？他们在哪儿？他们在哪儿？”

就这样，三个受惊的小家伙清清楚楚地认识到了想象中的岛跟真实的岛是大不相同的。

当天空最终平静下来时，约翰和迈克尔发现，黑暗中只剩他们两个人了。约翰呆板地蹬着空气，而原本不会漂浮的迈克尔却漂浮起来了。

“你被击中了吗？”约翰哆嗦着问道。

“我还没试过呢！”迈克尔小声地回答他。

我们现在知道没有人被击中。但是，彼得被炮击产生的强大气流带到了海面上，而温蒂被吹得高高的，身边只有叮当陪着。

要是那一刻温蒂把帽子丢下，就好了。

我不清楚那个想法是叮当突然想到的，还是她一路上就已经计划好的。不过她现在突然从帽子里跳了出来，要引诱温蒂走向毁灭。

叮当其实不坏。准确地说，她只是这会儿在使坏而已。有时候，她可是非常善良的。

仙子们的性格泾渭分明，因为她们的身体太小了，她们不能在同一时间里处理两种感情。

但是她们的性格也可以改变，只不过是要改变就得彻底地改变。现在的情况是，她对温蒂充满了忌妒。温蒂当然没法理解那可爱的叮当声是什么意思。可是，我猜可能是一些不好听的话，不过那声音听起来相当和气。她在温蒂身旁来来回回地飞着，显然是想说："跟着我，一切都会没事的。"

可怜的温蒂能做什么呢？她呼唤着彼得、约翰和迈克尔，但是回应她的只有回声而已，像是在嘲笑她一样。温蒂不知道叮当现在恨她，怀着一个女人所拥有的最强烈的感情憎恨她。所以，不知所措的温蒂只能摇摇晃晃地跟着叮当一起飞，飞向自己的厄运。

第五章　真实的无忧岛

也许是感觉到彼得已经在返回的路上了，无忧岛再一次苏醒了过来。这里，我们应该用被动句式说“它被唤醒了”，不过用“苏醒了”这个词更好，而且彼得一直是这样说的。

彼得不在的时候，整座岛屿安安静静的。仙子们在早上会多睡一会，野兽们会照顾它们的幼崽儿，印第安人会连续六天六夜地大吃大喝，海盗们撞见走丢的孩子们的时候，他们只会互相挑衅。但是对于讨厌了无生气的彼得来说,他回来后，他们又开始热闹起来了。现在，要是你把耳朵贴在地上，你就会听到整座岛焕发着生机。

这一晚，这座岛上的主要力量是这样部署的：走丢的孩子们出来找彼得，海盗们出来找这些走丢的孩子们，印第安人们出来寻找这些海盗，而野兽们出来寻找这些印第安人。他们绕着这个岛一圈一圈地走，可是谁也没遇上谁，因为他们走的速度是一样的。

所有生物都想让自己的敌人流血，但是除了这些男孩们，虽然一般来说，男孩们都是喜欢打打杀杀的，但今晚不一样，他们出来是要迎接他们的首领。岛上男孩的数量会发生变化，可能是被杀掉了或者是其他原因。当他们要长大的时候，彼得就会控制他们的数量,因为“长大”这种行为是违反规矩的。目前，这些男孩子总共有六个，双胞胎算作两个人。让我们假装躺在甘蔗林里，然后看他们排成一列纵队偷偷摸摸地前进，他们每一个人手里都握着一把小刀。

彼得不允许他们有一丁点像他。他们穿着自己亲手杀死的熊的皮，每个人看起来圆鼓鼓、毛茸茸的。他们一摔倒就会在地上滚起来，所以走路都稳稳当当的。

第一个经过的孩子叫图图，在这群勇敢的孩子中，他是最不勇敢但又是最倒霉的一个。他经历过的冒险最少，因为大事往往在他绕过拐角之后才发生。在平安无事的时候，他会利用这个时机去收集柴火棍。但是等他回来的时候，其他孩子都在清理身上的血迹了。这种坏运气在他脸上留下了忧郁的气息，但是他并没有怨天尤人。相反，他有一副好心肠，因此他成了孩子们中最谦逊的一个。可怜的好图图，今晚有危险等着你啦！千万小心，不要去冒险，否则的话你就会遭殃的。图图，仙子叮当可是下决心在今晚要恶作剧，她正在找一个能被她利用的人呢！而且呀，她觉得你是所有男孩里最容易受骗的一个了。你要小心叮当。

要是他能听到我们说的话就好了，但我们其实不在岛上，所以，他现在咬着指头从我们面前走过去了。

第二个孩子是活泼欢乐的尼布斯，后面跟着的是斯莱特里，他一边吹着用树枝做成的口哨，一边跟着自己的调子跳起舞来。斯莱特里是这几个孩子中最自大的一个。他认为自己还记得走丢前的日子，记得他们的礼节和习俗，这让他老是用鼻孔看别人，相当令人讨厌。第四个孩子是克里。他可是个爱惹麻烦的孩子，每当彼得严厉地说“谁干的给我站出来”的时候，他就会自己站出来，所以现在一听到这个命令，不管是不是他做的，他都会自动站出来承认。最后经过的是一对双胞胎，我们比较难描述他们，因为我们往往会把其中的一个错误地当成是另一个。彼得从来都分辨不清楚这两个双胞胎，而彼得手底下的孩子绝对不允许知道他所不知道的事情，所以这两个双胞胎自己也经常混淆，分不清自己究竟是哪一个。他们对此也感到抱歉，只好尽量形影不离，好让别人满意。

男孩们消失在黑暗之中了。在一阵安静之后，也就一会儿的光景，因为岛上的事都是接踵而来的，这不，海盗们追踪着他们的踪迹找过来了。不见其人，先闻其声，又听到那首可怕的海盗歌了。

“拴好缆绳，哟吼，顶风停船，
咱们去抢钱，
不怕有炮弹，把我们打散，
我们一起去西天！”

哪怕是挂在行刑架上的人也没有这群人那么凶狠。慢步走在前面的是英俊的意大利人切科。在南美洲加奥的监狱里，他曾经用刀在监狱长的背上刻下了自己的名字。他这会儿时不时地把脑袋贴近地面。他赤裸着双臂，耳朵上挂着西班牙金币。跟在他后面的大黑人有很多名字，因为他有一次说出自己的名字后，加多莫河沿岸的黑人母亲就用这个名字吓唬她们的孩子。接着走过来的是比尔·朱克斯，他身上每一寸皮肤都有文身。就是这个比尔·朱克斯，他在“海象”号上被弗林特砍了七十二道伤口后，才放下那一袋西班牙金币。还有库克森，据说他是黑人墨菲的兄弟（不过这点从没被证实过）从他后面走过来的是绅士斯塔奇，他曾经在一所私立学校当过助教，他对于杀人的方式有自己的讲究；还有“天窗”（摩根的“天窗”）；还有爱尔兰水手头领斯密，他是那种特别和蔼的人，哪怕他捅了人一刀，也不会得罪别人，同时他也是胡克船员中唯一一个不信奉国教的；还有努得勒，他总把自己的手放在背后；还有罗伯特·姆林斯和阿尔夫·梅森，以及其他在西班牙国土上臭名昭著、令人闻风丧胆的恶棍。

在这帮邪恶的匪徒中，最邪恶的家伙就是詹姆斯·胡克。他把自己的名字写作詹·胡克。他说在海上，胡克唯一害怕的人是他。胡克现在舒舒服服地躺在一辆粗糙的战车里，由他手下的人推着走。胡克船长没有右手，就挥着铁钩子让他们加快速度。这个可怕的家伙像驱使狗一样地对待和使唤他的手下，而这些手下也像狗一样臣服于他。说起相貌，胡克面无血色，皮肤黝黑，他的头发被编成了长长的卷发，远远看过去就像是一根黑蜡烛，这让他原本英俊的面容配上了一副恶狠狠的表情。他的眼睛蓝得像是勿忘我的花朵，蕴藏着深深的忧郁。不过在他把钩子伸向你的时候，他的眼睛就会冒出两团红光，像火一般燃烧着。说到举止，他身上仍然带着某种大领主的气质，所以他可以华丽地把你撕碎。我听说，他还是个闻名的讲故事高手。他对人礼貌的时候就是他最危险残暴的时候，这可能就是他高贵出身的最好证明了。

但是即使是在他骂人的时候，他那优雅的语言始终不逊于他那迷人的风度，显然，他和其他的船员们是十分不同的。这是个气壮胆粗的男子汉。据说，唯一能让他退却的是见到自己的鲜血。他的血液很浓，颜色也异乎寻常。在穿着上，他有点模仿查理二世，因为在早些时候，他听人家说过，他跟那位不幸的斯图亚特国王有着奇怪的相似之处。他的嘴里总是叼着自己特意设计的烟嘴，有了那个烟嘴，他可以同时抽两根雪茄。不过毫无疑问，最令人毛骨悚然的还是他的铁爪。

现在，我们就来感受一下胡克船长杀人的方式吧，“天窗”之死就是一个不错的例子。就在他们经过的时候，笨拙的“天窗”摇摇晃晃地撞到了胡克，还弄皱了胡克的花边领子。胡克用一把钩子把“天窗”劈下来，紧接着便听到撕裂的声音和一声惨叫。“天窗”的尸体被踢到了一边，海盗们继续前进。胡克船长甚至没有把雪茄从自己的嘴里取下来。

胡克船长就是彼得·潘的可怕的对手。到底谁能赢呢?

沿着海盗们前进的路线，偷偷从后边摸黑上来的是印第安人。他们的行动路线十分隐蔽，没有经验的人根本看不出来。他们每一个人都把眼睛瞪得大大的，手持战斧和刀具，赤裸的身子上涂满了油彩，胸前挂着一连串的带发头皮，这些头皮既有男孩们的也有海盗的。这些印第安人可是皮卡尼尼部落的人，因此，可别把他们跟心肠柔软的德拉华部落或休伦部落的印第安人混淆了。四人中，领头的是那位“英勇的小豹子”，这位勇士身上挂的头皮实在太多了，这让他爬得相当费力。走在最后面也是最危险的位置的是虎莉，她骄傲地昂着头，她生来便是一位公主。她是最美丽的丛林女神，也是皮卡尼尼部落里最漂亮的人。她时而妖艳迷人,时而冷若冰霜，时而热情似火。每一位勇士都想娶她为妻，不过她用一把短斧阻挡住了每一位勇士的求爱。快瞧瞧他们是怎么样踏过地上的小树枝的，一点细碎的声响都没发出来，唯一能听到是他们沉重的呼吸声。那是因为经过这几天大吃大喝之后，他们长胖了许多。不过很快，他们的肚子就会消下去的。但是这会儿，肥胖的身躯可能会给他们带来很大的危险。

这些印第安人来无影去无踪，很快一群野兽也跟上来了，这队列相当庞杂，有狮子、老虎、熊，还有无数因它们的出现而四处逃窜的小野兽。因为所有的野兽,特别是食人的野兽,都在这座得天独厚的岛上紧密地生活在一起。看，它们的舌头都伸得长长的，今晚它们可是饿坏了。

他们经过后，最后一个角色登场了，那是一只巨大的鳄鱼。我们要不了多久就能看到它在打谁的主意了。

鳄鱼经过后，不一会儿，男孩们又出现了。这个队列，要是没有一方停下来或者改变速度，那就会永远地继续前进下去了。不过真要到了那时候，他们很快就会相互厮杀起来。

无论是动物还是野兽，他们都直勾勾地盯着前方，没有一个会想到危险可能就藏在身后。从这就可以看出来，这个真实的岛是多么可怕。

首先，从这个不停打转的圈子中跳脱出来的是这群男孩子。他们猛地扎到草丛里，这地方离他们地下的家并不远。

“我真希望彼得能回来。”每个孩子都焦急地说道，虽然他们的个头都比他们的首领高，块头比他大。

“就我一个人不怕海盗。”斯莱特里说道，不过就因为他这种说话的口吻，大家都不太喜欢他。可能是远处传来了什么声音惊动了他，他又急忙地补充了一句，“不过我也希望他能回来，跟我们多讲讲《灰姑娘》的故事。”

接着，他们聊起了《灰姑娘》。图图很肯定地认为，自己的妈妈一定很像灰姑娘。

只有当彼得不在的时候，他们才能说起自己的妈妈，因为彼得禁止他们谈这个话题，他觉得这个话题太蠢了。

“关于我妈妈，我只记得一件事，”尼布斯告诉他们说，“就是她经常跟我爸爸说：‘我真的很想要一本属于我自己的支票簿！’我不知道支票簿是什么，不过我愿意送我妈妈一本。”

就在他们聊天的时候，远处传来了声音。这个声音，不管是你还是我，要是没在丛林里待过那就根本听不见。不过他们听到了，是那首可怕的海盗歌：

“哟吼，哟吼，海盗人生，
骷髅旗子，
欢乐时光，一根麻绳，
嘿，大卫·琼斯。”

这些孩子们眨眼间便消失了——他们去哪儿了？他们已经不见了。兔子也没跑那么快呀！

我来告诉你他们去哪儿了。除了尼布斯跑出来侦察以外，所有的孩子们都躲进地底下的家里头了。那可是个非常棒的住处，等会儿我们就可看到它有多棒了。但是他们是怎么进去的呢？地上并没有明显的入口，只有一块大石头。不过要是你把这块石头挪开,就能看到洞穴的入口了。要是看得仔细，你会发现周围其实还有七棵大树，每棵树的树干都是中空的，树干上都有一个洞，刚好能容下一个男孩子。这七个树洞是通往地下的家的入口。他们的家，胡克船长已经找了好几个晚上，但都徒劳无功，今晚他能不能找到呢？

海盗们前进的时候，眼尖的斯塔奇发现尼布斯消失在丛林中，于是他立刻拔出了手枪。这时一只铁爪抓住了他的肩膀。

“船长，放开我！”他扭动着身体叫起来。

这是我们第一次听到胡克船长的声音。那声音阴森可怕。“先把枪收起来。”话里带着十足的威胁的语气。

“可那是您痛恨的其中一个孩子啊，我本可以开枪打死他的。”

“是呀，那样就会把虎莉的那群印第安人招来了。你是想丢掉头皮吗？”

“我要去追他吗，船长？”斯密可怜兮兮地说，“我还想用我的‘约翰尼开瓶器’挠他痒痒，可以吗？”斯密喜欢给每件东西起外号，“约翰尼开瓶器”就是指他佩戴的那把短刀，因为他会在伤口上不停地转动它的刀尖。斯密还有很多有趣的特点。比如，他杀了人之后，他不是擦他的武器，而是擦他的眼镜。

“我的约翰尼可是个安静的家伙。”他提醒胡克道。

“现在不行，斯密，”胡克阴沉地说，“他就一个人，而我要找到全部七个人。现在都散开吧！去找到他们。”

海盗们消失在了树林里，不一会儿，便只剩胡克船长跟斯密两个人了。胡克长长地舒了一口气，我也不清楚他为什么叹气，可能是因为夜色太美了。突然他心里有了个想法，这想法使得他渴望向他忠心的水手长诉说自己这一生的故事。故事很长，他讲得也非常真挚，但是斯密太笨了，他根本不知道胡克讲的是什么。

不过，他听到了“彼得”这个词。

“最重要的是，”胡克热情洋溢地说道，“我要他们的首领，彼得·潘。就是他砍掉了我的手臂。”他恶狠狠地挥舞着他的铁钩，“我等了太久了，我要用这个跟他握手。我要撕碎他。”

“可是，”斯密说道，“我经常听您说，那个钩子顶得上十二只手呢，它可以梳头也可以做其他日常的事。”

“没错，”船长说，“如果我是个母亲，我就祈祷我的孩子生来有这个钩子。”他一边骄傲地看了看他的铁钩，一边鄙夷地瞧了瞧自己的另一只手。之后，他又皱起了眉头。

“彼得把我的手臂，”他悲痛地说，“丢给一条路过的鳄鱼。”

“我经常，”斯密说，“能看到您对鳄鱼出奇地害怕。”

“不是怕鳄鱼，”胡克纠正道，“是害怕那一条鳄鱼。”接着他压低声音说，“它喜欢我的手臂，斯密。它从那以后就一直跟着我，不管是下海还是上山，它就是舔着舌头想吃我身体其余的部分。”

“也许，”斯密说，“这也算是一种仰慕呢。”

“我不要这种仰慕，”胡克简直要气疯了，“我要彼得·潘，是他第一次让那没人性的家伙尝到了我的味道。”

他在一个大蘑菇上坐下来，这时他的声音有一丝颤抖，“斯密，”他沙哑地说道，“那鳄鱼差一点就把我吃了，幸好它吞了一个时钟。那个钟就在它肚子里嘀嗒嘀嗒地响着。所以每次它接近我的时候，我一听到嘀嗒声就逃了。”他笑了起来，但是笑得非常难为情。

“哪天，”斯密说道，“钟停住不走了，它就会抓住您啦。”

胡克舔了舔他那干裂的嘴唇。“是啊，”他说道，“我每天担心的就是这个。”

自从他坐下来以后，他觉得热得出奇。“斯密，”他说道，“这个位子真热。”他跳了起来，“奇了怪了，我都快被烤熟了。”

他们仔细地观察着这个蘑菇，从它的形状和坚固程度来看，它不是这座岛上长出来的。他们俩试着把它拔起来，蘑菇立刻就被拔出来了，因为它没有根。但更奇怪的是，里头有烟冒出来了。这两个海盗面面相觑。“是个烟囱！”他们齐声惊呼。

他们发现，这正是孩子们地下的家的烟囱。当敌人在附近的时候，孩子们会用蘑菇把烟囱口封住。

里头不止冒出了烟，还传出了孩子们的声音，因为这些孩子觉得躲在这个地方特别安全，于是便快活地聊起天来。两个海盗一边听着一边露出阴森的笑容，然后把蘑菇放了回去。他们四处细细观察，发现了那七棵树的树洞。

“您听到他们说的了吗？彼得·潘不在家。”斯密小声地问道，开始摆弄起他的约翰尼开瓶器。

胡克点了点头。他站着思索了很久，最后他那黑不溜秋的脸上露出了一个骇人的笑容。斯密一直在等待着这一时刻，“亮出您的计划吧，船长。”他热切地说道。

“回到船上去，”胡克从牙缝间慢慢地挤出一句话来，“做一个大大的蛋糕出来，涂上绿糖，越厚越好。地底下应该就只有一间屋子，因为烟囱就一个。这些土拨鼠傻头傻脑的，他们不知道每个人开一扇门是个愚蠢的做法。这也说明他们没有妈妈。咱们就把蛋糕放在人鱼湖的岸上。这些家伙可是经常在那边游泳，还跟人鱼一起玩来着。他们会发现这个蛋糕，然后把它吃下去。为什么？因为他们没有妈妈，所以他们不知道吃油腻松软的蛋糕有多危险。”他突然大笑起来，笑得一点也不勉强，而是开怀大笑。“啊哈，他们就要没命了。”

斯密越听越佩服胡克。

“这是我听过最邪恶最精彩的计谋了！”斯密叫道，然后两人便手舞足蹈地唱起来：

“拴好绳子我来了，
大家一看全吓跑；
胡克钩子握握手，
除了骨头都不留。”

他们唱起这首海盗号子，不过他们还没唱完就听到了一个声音，这个声音一直萦绕在他们的耳边。起初，这声音很小，连叶子落下的声音都可以盖过它，但是随着距离越来越近，它变得越来越清楚。

嘀嗒——嘀嗒——嘀嗒——嘀嗒！

胡克怔住了，他颤抖起来，他的一只脚都还没放下来。

“是那条鳄鱼！”他一边大口大口地呼吸，一边跳着跑开了，水手长紧跟在他身后。

真的是那条鳄鱼。它穿越过了那群正跟踪着其他海盗的印第安人，目标锁定了胡克。

孩子们又出来了，但今晚的危险还没过去呢！因为不久后，尼布斯气喘吁吁地冲到他们之间，后面有一群狼在追着他，它们伸出长长的舌头，咆哮声异常可怕。

“快救我，快救我！”尼布斯大叫，跌倒在了地上。

“我们怎么办？怎么办？”

就在这千钧一发之际，他们都想到了彼得，不得不说这是对彼得最好的赞美。

“彼得会怎么办？”他们齐声叫道。

几乎同时，他们又叫道：“彼得会从两腿中间看它们。”

于是，他们说：“我们就按彼得的做法办。”

这可是对付狼群最有效的办法。他们就这样齐刷刷地弯下腰，从两腿中间看着狼群。接下来的时间似乎相当漫长，不过胜利还是很快就来临了，当孩子们用这种可怕的姿势前进的时候，狼群垂下尾巴跑掉了。

现在，尼布斯从地上站了起来，但眼睛似乎在盯着什么东西，伙伴们以为他还在看着狼群。但他可不是看着狼群。

“我看见了一个更有意思的东西，”他叫道，于是孩子们急忙围了过来，“一只白色的大鸟，它往这边飞过来了。”

“你觉得是什么样的鸟？”

“我不知道，”尼布斯惊呆了，“不过它好像很累，一边飞一边哼着‘可怜的温蒂’。”

“可怜的温蒂？”

“我记得，”斯莱特里立刻说，“有种鸟就叫温蒂。”

“快看，它飞过来了！”克里指着空中的温蒂叫道。

温蒂现在差不多到了他们的头顶上，他们都能听到她悲伤的哭泣声。不过随着距离的拉近，叮当那尖锐的声音反而更加明显。这位心怀忌妒的仙子，这时已经抛开了所有友好的伪装，不断从各个方向冲向她的仇敌温蒂，每次碰到她都会狠狠地掐对方一下。

“你好，叮当。”疑惑的孩子们叫道。

叮当用她的铃声回应他们：“彼得要你们把温蒂射下来。”

他们从来不会质疑彼得的命令。“就按彼得说的做！”单纯的孩子们叫道，“弓箭。快点！”

所有孩子都跳进了树洞，除了图图，因为他已经带着一把弓和箭了。叮当注意到了，她兴奋地搓起了手。

“快点，图图，快点，”她尖叫地说，“彼得一定开心极了。”

图图激动地把箭搭在弓上。“让开点！叮当。”他喊道，把箭射了出去。于是温蒂拍着翅膀掉到了地上，她的胸口中了一箭。

第六章　小房子

当其他孩子全副武装，从树洞里跳出来的时候，糊里糊涂的图图正像个胜利者一样站在温蒂旁边。

“你们来晚啦！”他骄傲地喊道，“我已经射中了温蒂。彼得一定会对我很满意的。”

叮当在他们头上喊了一句“笨蛋”,然后就飞快地躲了起来。不过其他孩子没有听到叮当的话，他们围住了温蒂，大家都盯着她,森林里笼罩着可怕的寂静。要是温蒂的心脏还在跳动，他们一定都能听到。

斯莱特里是第一个开口说话的。“这不是鸟,”他害怕地说道，“我看这一定是一位女士。”

“一位女士？”图图说道，他也有点颤抖了。

“而我们把她杀了。”尼布斯的声音有些嘶哑。

他们全都把头上的帽子摘了下来。

“我明白了,”克里说道，“她是彼得带来给我们的。”说完他悲伤地扑到地上。

“终于有一位女士来照顾我们了，”双胞胎的其中一位说道，“而你们却把她杀了！”

孩子们替图图难过，但更替他们自己难过。图图向他们靠近时，孩子们都转身背对他了。

图图的脸变得惨白，不过他的脸上有了一种从未有过的庄严。

“是我做的，”他开始反省起来，“女士们来到我梦里面的时候，我都会说：‘漂亮妈妈，漂亮妈妈。’现在她终于真的来了，而我却把她射死了。”

说完，他慢慢地走开了。

“别走。”他们同情地叫住了他。

“我必须得走，”他颤抖地说道，“我很怕彼得。”

就在这个悲惨的时刻，他们听到了一个声音，那声音简直让他们的心提到了嗓子眼。他们听到了彼得欢快的叫声。

“彼得！”他们叫道，因为那欢快的叫声通常是彼得回来的信号。

“快把她藏起来。”他们小声地说道，然后急忙围住温蒂。但是图图独自站在一边。

那轻快的叫声又传了过来，彼得跳到了他们面前。“孩子们，你们好！”他喊道。孩子们僵硬地向他打了招呼，然后又是一阵沉默。

他皱起眉头来。

“我回来啦！”他热情地说，“你们怎么不高兴？”

他们张了张嘴，可是高兴的话就是蹦不出来。他没注意到这个，因为他正急着给他们宣布一件高兴事。

“好消息，孩子们，”他叫道，“我终于给你们带回来一个妈妈了。”

还是没人出声，除了图图下跪时发出的那“砰”的一声。

“你们没看到她吗？”彼得有点担心地问，“她是往这边飞过来的呀。”

“啊，天哪！”这时一个声音响起，而另一个声音说道，“哦，伤心的一天。”

图图慢慢站起来。“彼得，”他平静地说道，“我带你去见她。”其他孩子还是想把她藏起来，他说：“让开，双胞胎。给彼得看她。”

于是他们都向后退开了，让彼得过去看。彼得看了之后，好一阵子不知道该做什么。

“她死了，”他不安地说，“也许她是在为自己的死亡而感到害怕。”

他想过用一种好笑的方式跳着走开，一直到他看不见她为止，然后永远不再靠近这个地方了。而要是他真的这么做了，孩子们一定也会高高兴兴地跟着他走的。

可是那支箭还在那里。他将那支箭从她的心脏拔了出来，然后回头看着他的那伙人。

“谁的箭？”他厉声问道。

“是我的，彼得。”图图又跪了下来。

“哦，真卑鄙。”彼得说着举起了这支箭，把它当作短刀挥舞了起来。

图图没有退缩，他袒露出胸膛，“刺吧！彼得，”他坚定地说道，“稳稳地刺下去！”

彼得两次举起了箭，又两次把手放了下来。“我刺不了，”他惊讶地说道，“有什么东西抓着我的手。”

所有人都惊奇地看着他，除了尼布斯，幸好他在看着温蒂。

“是她，”他叫道，“是温蒂女士，快看，她的手！”

说来真怪，温蒂竟然能举起自己的手。尼布斯弯下腰凑近她，然后毕恭毕敬地听她说话。“我觉得她在说‘可怜的图图’。”尼布斯小声地说。

“她活过来了。”彼得的话很简短。

而斯莱特里立刻大声地喊道：“温蒂女士活了。”

接着，彼得跪在她的身边，然后发现了他的那个纽扣。你们还记得她把那个纽扣放进了系在她脖子上的链子里吧。

“看，”他说，“箭射中了这个，这是我给她的吻。它救了她的命。”

“我记得吻是什么样子的，”斯莱特里快速地打断他的话，“让我看看。是的，这是一个吻。”

彼得没有听到他说的话，他现在在乞求温蒂快点好起来，这样他才能带她去看美人鱼。当然温蒂现在还说不了话，她晕乎乎的，一动不动。这时，一阵哀号声从他们头顶传来。

“听，是叮当，”克里说道，“她现在在哭，是因为温蒂活了。”

接着，他们不得不告诉彼得叮当犯下的罪行，他们从未见彼得这么严肃过。

“听着，叮当，”他叫道，“我再也不是你的朋友了。永远别来找我了。”

她飞到他的肩膀上乞求原谅，但是他把她撣掉了。直到温蒂抬起自己的手来，他才心软地说道：“好吧，不是永远，但是至少要整整一星期。”

你觉得叮当会因为温蒂抬起手来而感激她吗？哦，那可不会，她这下可是无比地想掐温蒂了。仙子们就是这么奇怪，彼得可最了解她们，他经常用手拍她们。

那温蒂眼下身体状况这么脆弱，该怎么办呢？

“我们把她抬进屋里去。”克里建议道。

“是啊，”斯莱特里说道，“就该这样对待女士。”

“不行，不行，”彼得说道，“你们不可以碰她，这样很不尊敬。”

“可不，”斯莱特里说，“我也这么想。”

“但是她要是躺在这里，”图图说道，“她会死的。”

“是啊，她会死的，”斯莱特里也承认，“但是我们没有其他办法了。”

“不对，还有办法，”彼得喊道，“我们在她身边建个小房子。”

他们都高兴极了。“快点，”他下了命令，“把你们最好的东西都给我拿来，清空我们的房间。利索点。”

不一会儿，他们就像婚礼前的小裁缝一样忙碌起来了。他们急匆匆地东奔西走，有的下去拿被子，有的上树捡柴火。正当他们忙得团团转的时候，有人来了，是约翰和迈克尔。他俩一路拖着脚，他们站着就会睡着，一停下就会醒过来，再往前走一步就又会睡着。

“约翰，约翰，”迈克尔喊道，“快起来！娜娜去哪儿了？约翰呢？妈妈呢？”

接着，约翰揉着朦胧的睡眼，咕哝地说：“这是真的，我们飞起来了。”

你肯定能猜到，他们见到彼得后，悬着的心放了下来。

“你好，彼得。”他们说道。

“你好。”彼得友好地回应他们，不过他几乎已经不记得他俩了。他这时候正忙着用他的脚量温蒂的身高呢！他得知道温蒂需要多大的一间房子。当然啦，他还打算腾出空间放几把椅子和一张桌子。约翰和迈克尔在一旁看着他。

“温蒂睡着了吗？”他们问道。

“对。”

“约翰，”迈克尔建议说，“我们把她叫醒，让她给我们做晚饭吧！”他刚这么一说，几个男孩子就扛着盖房子用的树枝跑了过来。“快看他们！”他叫道。

“克里，”彼得用他那首领式的口吻说道，“让他俩帮忙盖房子。”

“是，是，遵命！”

“盖房子？”约翰惊叫起来。

“给那个温蒂住。”克里说。

“给温蒂？”约翰惊呆了，“为什么，她只是个女生啊。”

“就因为这个，”克里解释说，“我们都是她的仆人。”

“你们？温蒂的仆人？”

“是的，”彼得说，“你们俩也是。跟他们去吧！”

大吃一惊的俩兄弟就这样被拖过去砍树和搬木头。“先做椅子和火炉围栏，”彼得命令说，“然后我们在它们旁边盖房子。”

“是。”斯莱特里说道，“房子就是这么盖的。我都想到了。”

彼得考虑得很周到。“斯莱特里，”他叫道，“找个医生来。”

“是，是。”斯莱特里立刻回应他，然后就挠着脑袋走掉了。但是他知道必须听彼得的命令，不一会儿，他戴着约翰的帽子回来了，脸色十分严肃。

“拜托了，先生，”彼得走向他说，“您是医生吗？”

在这种时候，彼得跟其他孩子的不同之处就是，别的孩子知道这是假装的，但是对彼得来说，假装的跟真的就是一回事。这一点经常让他们很烦恼，比如，有时他们必须假装他们已经吃过饭了。要是他们演砸了，彼得就会敲打他们的骨节。

“我是医生，小家伙。”斯莱特里回答得有些焦虑，因为他的骨节就被敲过。

“拜托了，先生，”彼得描述道，“有一位女士生病倒在那里了。”

实际上，温蒂就躺在他们的脚边，但是斯莱特里假装没看见她。

“嘘，嘘，嘘，”他焦虑地说，“她躺在哪儿呢？”

“在那边的空地上。”

“我会在她的嘴里放一个玻璃制品，”斯莱特里说，然后他假装这样去做了，彼得在一旁等着他。把这个玻璃制品拿回来的过程可真是让斯莱特捏了一把汗。

“她怎么样了？”彼得关心地问。

“嘘，嘘，嘘，”斯莱特里说，“这个东西已经把她治好了。”

“我太高兴了！”彼得叫了起来。

“我晚上还会再来的，”斯莱特里说，“用带壶嘴的杯子喂她喝牛肉茶。”他刚把帽子还给约翰，便长长地舒了口气，这是他从麻烦事中脱身后的习惯动作。

与此同此，斧头劈树的声音响彻整片树林。现在温蒂身边已经堆满了材料，那是盖好一间舒适房子所需要的全部材料了。

“要是我们知道，”其中一个人说，“她最喜欢什么类型的房子就好了。”

“彼得，”另一个人喊道，“她睡觉的时候还在动。”

“她的嘴张开了，”第三个人叫道，他正恭恭敬敬地看着她，“好可爱！”

“也许她要在梦里唱歌了，”彼得说，“温蒂，把你想要的房子类型唱出来。”

接着，温蒂眼睛都没有睁开就唱了起来：

“我想有间漂亮的房子，
世界上最小的房子，
它有可爱的小红墙，
屋顶还有绿色的苔草。”

孩子们听了咯咯直笑。因为运气很好，他们砍来的树枝都流着黏黏的红色汁液，而且遍地都布满了苔草。在他们“梆梆梆”地盖起房子的时候，他们自己也唱起了歌：

“我们造了小墙和屋顶，
还有一扇可爱的小门。
温蒂妈妈，告诉我们，
您还要什么？”

温蒂听了贪心地唱道：

“真有的话，我希望
四周都是鲜艳的窗，
玫瑰向里瞧，
宝宝往外看。”

他们一挥拳，就安装起窗子来。黄色的大片树叶做成了百叶帘。那玫瑰呢？

“玫瑰！”彼得厉声喊道。

于是他们快速地假装自己正顺着墙壁种上最美的玫瑰。

那宝宝呢？

为了不让彼得下命令要“宝宝”，他们赶忙又唱了起来：

“我们让那玫瑰开了花，
宝宝就在这门前，
我们曾经是宝宝
但不能再往回变。”

彼得觉得这个主意很不错，立刻假装这是自己想出来的。这间房子相当漂亮，毫无疑问，温蒂住在里头会很舒服，他们这时候已经看不见她了。彼得大摇大摆地在房间里走来走去，指挥着最后的收尾工作。没有什么东西能逃过他那敏锐如鹰的眼睛。就在一切看起来几乎要完成的时候，“门上没有门环。”他说。

他们很难为情，不过图图取下自己的鞋底，正好用它来做门环。

现在完成了吧，他们这样想。

差得远呢。“还差烟囱，”彼得说，“我们必须得有一个烟囱。”

“房子当然需要一个烟囱。”约翰郑重其事地说。彼得想到了一个办法。他把约翰头上的帽子摘下来，把帽顶戳破，然后把它放到了房顶上。这间小房子有了这么一个漂亮的烟囱后，看起来可真棒。不一会儿，一股烟从帽子里冒了出来，好像在说“谢谢”一样。

现在真的全部完成了。再也没其他事要做了——哦，对了，只剩下敲门了。

“你们全都把自己收拾得平净体面才行，”彼得警告道，“第一印象很重要。”

彼得很高兴没有人问他什么是“第一印象”。他们都忙着收拾自己，展现出自己最好的样子。

他有礼貌地敲了敲门，现在整个林子跟孩子们一样都安安静静的，一点声音都没有，除了叮当，她现在正在树枝上看着，公开地嘲笑他们呢！

孩子们好奇的是，会有人来开门吗？如果那是位女士，她会长什么样呢？

门打开了，一位女士走了出来，是温蒂。他们都脱下了自己的帽子。

她惊讶的神情恰如其分，这也是他们希望见到的样子。

“我这是在哪儿？”她问道。

第一个说话的孩子当然是斯莱特里，“温蒂女士，”他快速地说，“我们为您盖了这间房子。”

“哦，快说您很满意。”尼布斯叫道。

“很可爱，很漂亮的房子。”温蒂说，这正是他们希望听到的夸赞。

“我们都是您的孩子。”双胞胎喊道。

接着，他们全都跪了下来，伸出他们的手臂叫道：“哦，温蒂女士，请您当我们的妈妈。”

“我行吗？”温蒂笑容灿烂地说道，“这当然很吸引我，不过你们也看到了，我只是个小女孩。我没有当母亲的实际经验。”

“没关系的，”彼得说，就好像他是唯一懂得这些事情的人一样，其实他才是懂得最少的那一个，“我们需要的只是一个像妈妈一样好的人。”

“哦，天哪，”温蒂说，“我觉得我就是这样的人。”

“没错，没错，”他们都叫了起来，“我们一下子就看出来了。”

“很好，”温蒂说，“我会尽力做好的。快进来，你们这些淘气的孩子们。我敢说你们的脚都湿了。在让你们上床睡觉前，我刚好有时间给你们讲完《灰姑娘》的故事。”

他们走了进去。我不知道房子怎么会有那么大的空间，不过在无忧岛上，很多地方都可以挤得很满。那一晚是他们跟温蒂在一起度过的第一个美好夜晚。她在树下的屋子里，为睡在大床上的每一个孩子盖好被子，而她自己睡在那间小房子里。房子外面，彼得拿着剑在守夜，因为他能听到海盗们在远处喝酒吵闹的声音，而且狼会在夜晚悄悄地捕猎。在黑暗中，这间小房子看起来特别舒适安全，百叶帘中透出明亮的光，烟囱里升起袅袅的轻烟。门外，有彼得在守护大家。过了一会儿，他睡着了。酒会结束后，走在回家路上的仙子们不得不摇摇晃晃地从彼得身上爬过去。夜里要是其他孩子挡住了仙子们的路，她们可是会做恶作剧的，不过对于彼得，她们只是捏了捏他的鼻子就走掉了。

第七章　地下的家

第二天，彼得做的第一件事就是给温蒂、约翰和迈克尔量尺寸，好让他们找到合适的树洞。你也许还记得，胡克之前嘲笑过孩子们，以为他们每个人都需要一个树洞，不过这可是他无知，因为要是你的尺寸跟树洞的尺寸不一致，你就很难在里面自由穿梭，而且每个孩子的尺寸都不一样。要是尺寸合适，你只要在上面吸口气，就可以不快不慢地溜下下，而且只需交替地吸气呼气，你就能慢慢地爬上去。当然啦，要是你熟练掌握这些动作，你就可以不假思索地完成了，那姿态肯定优美极了。

但归根结底还是得尺寸合适才行。为了给你找到合适的树，彼得仔仔细细地量了你的尺寸，就像裁缝为了使衣服合身而要量你的身子一样。唯一的区别就是衣服要适应人的尺寸，而人要适应树的尺寸。通常适应起来是很简单的，只要多穿点或者少穿点衣服就行，不过要是你身上哪个部位太臃肿或者说树的形状太奇怪，那就要彼得在你身上下一番功夫了，之后你才能适应树的尺寸。一旦适应了树的尺寸，你必须小心地保持住身材，而温蒂惊喜地发现，这让他们这个大家庭的人能够保持完美的身材。

第一次试的时候，温蒂和迈克尔就成功地适应了树的尺寸，不过约翰必须得调整一下。

经过几天的练习，他们已经能够像井里的水桶一样欢快地往上往下了。而且他们越来越喜欢地下的这个家了，尤其是温蒂。这个家有一个很大的房间，跟所有的房屋一样，它的下面还有一层，要是想钓鱼可以往下挖一个坑。这一层长满了又鲜艳又粗壮的蘑菇，可以用来做凳子。在屋子中央有一棵无忧树努力地生长着，但是孩子们每天早上都会把树干锯掉一点点，让它跟大厅的地面一样高。往往到喝下午茶的时候，它已经长到半米多高了，于是他们会将一扇门搭在上面，组成一张桌子。等他们喝完茶收拾完后，他们会再次把树干锯掉，这样就有更多空间可以玩了。屋里还有一个巨大的壁炉，在家里的每一处角落几乎都能看到它，你可以在屋里任何一处地方生火。温蒂在壁炉前系上了许多用纤维做成的绳子，方便晾衣服。白天，那张大床就斜靠着墙壁，到六点三十分的时候，会被放下来，这时它几乎可以占据半个屋子。除了迈克尔以外，所有的孩子都睡在上面，就像是罐头里的沙丁鱼一样。有一条严格的规矩就是翻身时必须要发信号，发出信号后，所有人会立刻一齐翻身。迈克尔本来也应该睡在这张床上，不过温蒂更希望有个宝宝在身边，而他是年龄最小的，而且你知道的，女人嘛。总之，最后迈克尔睡在了一个挂起来的篮子里。

这个家盖得比较简陋，要是熊宝宝在这样的地下盖了一间房子也会跟它差不多。不过房间里有一个凹处，跟鸟笼一样大，那是叮当的私人寓所。它有一幅窗帘，可以把它跟屋里其他地方隔开来。叮当是个非常讲究的人，她在穿衣服或者脱衣服的时候，经常会把窗帘拉下来。每一个女孩子，不管年龄多大，都不曾拥有起居室跟卧室合二为一的这样精致的一间闺房。她总是把她的床称为沙发床，那可真的是玛布仙后风格的，还有高级的床柱。她还根据季节的变换在床罩上点缀了不同的果树的花。她的镜子样式像是一只穿长靴的猫，据仙子中的商贩所知，那种镜子只剩下三面是没有损坏的。脸盆就像是馅饼的皮一样，可以翻过来。她的抽屉是货真价实的六世时期的珍品，她的地毯和围毯都是马杰里和罗宾鼎盛时期（早期）的艺术品。还有一盏从玩挑圆片游戏中获得的水晶吊灯，它只是好看而已，不过她还是用它来点亮整间房子。叮当瞧不起屋里的其他地方，这当然也在所难免。她的住处虽然看起来很漂亮，但也显得特别自负，因为它的外观就像是一只永远翘起来的鼻子。

我想，这里的一切都非常吸引温蒂，因为她那些虎头虎脑的孩子们让她每天都有事情可做。实际上，除了晚上，她可能要上来补一补袜子以外，她好几个星期都不用到地面来活动。做饭这件事，能让她半步不离她的炉台，哪怕锅里没有什么东西，甚至哪怕没有锅，她也要守在一边，就好像要留心锅里的水是否煮沸了一样。你永远不知道他们是真的要吃饭还是假装要吃饭，这都取决于彼得的兴致：可以像玩游戏一样真的吃饭，不过不能为了吃饱而吃饱，但是这是多数孩子们最喜欢的一件事了；他们喜欢的第二件事就是谈论吃。对彼得来说，假装起来是非常真实的，比如，在吃饭的时候，你真的可以看到他的肚子变得鼓起来了。这当然很难熬，但你还是得照着他的样子做，要是你能向他证明你最近瘦下来而且有点不适应树的尺寸了，他就会允许你放开吃。

温蒂最喜欢的时间是在孩子们都上床睡觉之后，那时她就可以缝缝补补了。按温蒂的说法，这段时间能让她喘口气。她利用这点时间给孩子们做东西，一般是在孩子们的裤子上膝盖处缝上两块布，因为裤子一般是膝盖处磨损得最严重。

篮子里堆满了袜子，而且每双袜子脚后跟都有一个洞，她坐下来一看到这些袜子就会情不自禁地把手臂举起来，然后惊叫道："天哪！我有时真羡慕那些没结婚的人。"

她虽然在惊叫，不过她的脸上洋溢着欢乐。

你还记得温蒂有只宠物小狼吧？它立刻就发现温蒂来到了

岛上，并找到了她，她们俩一见面就互相扑到了对方的怀里。从那后，它一直形影不离地跟着温蒂。

时间一天天过去，温蒂有没有很想念被她遗留在远方的亲爱的爸妈呢？这个问题很难回答，因为在无忧岛上根本说不清时间是怎么流逝的，它是按照月亮和太阳来计算的，而岛上的月亮和太阳就太多了。不过，我觉得温蒂肯定不担心她的爸妈。她绝对相信他们会一直开着窗子，等他们飞回去。她这么一想，心里就完全轻松起来了。偶尔让她烦恼的是约翰只能模模糊糊地记得自己有爸爸妈妈，而迈克尔也相当愿意温蒂当他的妈妈。这些事情让她在承担母亲的责任的时候，心里有了一丝恐惧和焦虑。她开始尽可能地模仿她在学校时的做法，给约翰和迈克尔发考卷，努力唤起他们对以前时光的回忆。其他孩子觉得温蒂这样做特别有趣，于是要求参加进来。他们给自己做了石板，然后围在桌子旁边，互相传阅由温蒂写上考题的石板，努力思考然后把答案写下来。那些问题都极其普通，比如，“妈妈眼睛的颜色是什么样的？爸爸和妈妈哪个高？妈妈的发色是金色还是深褐色？请尽可能回答全部三个问题。”“写一篇以《我上个假期是怎样度过的》或者《爸爸妈妈的性格比较》为题的作文，字数不少于四十字，题目二选一。”或者“（一）描述妈妈的笑声；（二）描述爸爸的笑声；（三）描述妈妈的晚礼服；（四）描述狗舍和住在里面的狗。”

问的不外乎是这些普通的事情。要是你回答不出来，那你就要画一个叉。约翰画出的叉多得令人害怕。所有孩子中，能把每个问题都回答出来的只有斯莱特里，没有人像他那样渴望最早交卷，但是他的回答都十分可笑，而且他还是总是最后一个交卷，这真是令人忧伤的事。

彼得没有参加这些考试。因为一方面他讨厌所有妈妈，除了温蒂。另一方面，他是岛上唯一一个不会写作文也不会拼写字母的孩子。最简单的字母他也不会拼写。他根本就不屑于做这种事情。

顺便说一下，所有的问题都是用“过去时态”写的。比如，妈妈的眼睛曾经是什么颜色，等等。你看，温蒂自己也开始忘事了。

接下来，我们会看到，冒险必定是每天都会发生的。不过这一次，在温蒂的帮助下，彼得发明了一个无比吸引自己的新游戏，不过后来他还是立刻对这个游戏丧失了兴趣。这你也是知道的，彼得玩游戏一直都是这样。这个游戏就是假装不去冒险，只做约翰和迈克尔一直在做的事情，就是坐在板凳上，把球抛到空中，互相推搡，装成一只出去散步但是什么都没有捕猎回来的灰熊。看彼得老老实实地坐在板凳上是很有趣的。他在这种时候总是会让自己一本正经的，因为坐着一动不动对他来说是相当滑稽的一件事。他会夸口说自己是为了身体健康才出去散步。一连几天，这些经历对他来说是最新奇的经历。而约翰和迈克尔也只能装作很高兴，不然彼得一定会狠狠地惩罚他们。

彼得经常独自出门，当他回来的时候，你永远不清楚他到底去冒险了没有。他什么都没有说，可能是因为他已经忘得一干二净了，但是等你出去的时候，你可能就会发现那具被杀的动物的尸体。而有时，他可能说了一大堆的东西，但是你却怎么也找不到那具被杀的动物的尸体。

有时候他回来了，脑袋扎着绷带，这时温蒂就会走过去安慰他，然后用温水清洗他的伤口，而彼得就会开始叙述自己的奇幻故事。但是吧，温蒂也不知道该不该相信这些故事。不过，确实有很多故事都是真的，因为温蒂自己也参与其中。更多的故事至少都有一部分是真的，因为孩子们也参与其中，他们还坚持声称故事全部都是真的。要把这些故事描述清楚，那得需要写一本像英语拉丁语双语大辞典那样厚的书。我们能做的最多就是讲讲岛上的一个小时是怎么度过的。不过，难的是，我们要举哪一个例子。要不我们就讲讲发生在斯莱特里峡谷的跟印第安人之间那场的冲突。那是一起流血事件，而且格外有意思，因为它展现了彼得奇怪的一面，那就是在战斗中，他会突然转变阵营。当峡谷中的战况仍旧难解难分的时候，彼得有时偏向这方有时偏向那方，他会突然叫起来：

"我今天是印第安人，你是什么人，图图？"然后图图会说："印第安人，你是什么人，尼布斯？"然后尼布斯说："印第安人，你们两个双胞胎是什么人？"所以他们都成了印第安人。当然啦，本来这么做应该可以结束这场战斗，不过真正的印第安人也被彼得的这种做法深深吸引住了，于是他们决定这一次变成迷失的孩子，然后双方又打了起来，而且打得更加激烈。

这场冒险有个出乎意料的结局，那就是——不过，我们还没有决定要讲述这个冒险故事。也许我们应该讲的更好的故事是这样的：某一个夜晚，孩子们在地下的家中遭到了印第安人的突袭，好几个印第安人卡在了树洞里，最后不得不像拔瓶塞一样被从树洞里拔出来。或者我们也可以讲讲彼得是怎样在人鱼湖救了虎莉，然后和她成为好伙伴的。

或者我们还可以说说海盗们做蛋糕的故事，要是他们敢吃掉蛋糕就死定了。海盗们很狡猾，把蛋糕藏在各个巧妙的地方，但是温蒂每次都会把那些蛋糕从孩子们的手上抢过来，然后一段时间之后它们就不再松软了，变得跟石头一样硬邦邦的，那时它们就会被用做炮弹，有时胡克船长在夜里还会被它们绊倒。

要不我们讲讲彼得的鸟类伙伴，尤其是那些无忧鸟的故事，它们会在一棵生长在环礁湖的树上面筑巢，有时候巢掉进了水里，但是无忧鸟还是坐在它的蛋上，彼得还命令孩子们不许打扰它。那是一个很美好的故事，而且我们可以从故事的结局看出，鸟儿是多么知恩图报。不过要是我们讲这个故事，那就要把这片环礁湖的整段冒险经历也梳理一遍了，那就意味着我们要讲两次冒险经历了。另一个短一点的冒险经历也很令人激动，就是叮当在一些游仙的帮助下，想要用一片巨大的漂浮在水面上的树叶把睡着的温蒂送回陆地上。树叶沉了下去，幸好温蒂醒了之后就游了回来，她还以为自己是在洗澡呢！或者我们也可以讲讲彼得挑衅狮子的故事。彼得用一支弓箭在自己的周围画了一个圈，然后向狮子们挑衅，让它们走到圈里面来。虽然他等了好几个小时，其他孩子们和温蒂在树上都紧张得无法顺畅地呼吸了，但没有一头狮子敢接受他的挑战。

我们该讲哪一个冒险故事呢？最好的办法就是通过抛硬币来决定了。

我已经抛完硬币了，就决定讲环礁湖的故事吧！也许有人希望听峡谷、蛋糕，或者是叮当和树叶的故事。当然，我也可以通过再抛一次硬币来决定，不过，最公平的做法还是讲环礁湖的故事。

第八章　人鱼湖

要是你愿意闭上眼睛，而且你足够幸运的话，那么你有时能看到在黑暗中悬浮着一个形状不规则的池塘，池子里满是泛着淡淡银光的水。要是你把眼睛眯紧一点，就会看到池子的形状慢慢变得规则起来，而颜色也变得越来越亮。若是你的眼睛再眯紧一点，那颜色定会如火焰般鲜艳起来，不过在那之前，你就会看到环礁湖了。这是你在陆地上能看到的离环礁湖最近的景象,这是一个美妙的瞬间。要是能有两个瞬间，也许你还可以看到波浪涌了过来，听到人鱼的歌声飘了过来。

孩子们通常会在这片环礁湖上度过漫长的夏日时光，大多数时间都在游泳或者漂浮在水面上，有时也会跟水里的人鱼玩游戏，等等。但是，你不能因此就认为这些人鱼一直跟他们友好地相处着。相反，温蒂在岛上的时候，从来没有在人鱼那听到一个文明的词语，这也是她一直觉得很遗憾的事情。当温蒂悄悄靠近人鱼湖边缘的时候，她有时能看到成群结队的人鱼，特别是在海盗石上，许多人鱼都在那里享受日光浴，慵懒地梳理头发，那表情撩得温蒂心里直痒痒。温蒂也可以像她们一样踮起脚游泳，游到离她们不足一米的地方。不过她们一看到她就立刻潜走了，有时还用尾巴把水溅到温蒂身上，那可不是巧合，而是她们故意做的。

她们对待孩子们的方式也一样，当然，彼得是个例外。彼得有时能跟她们在海盗岩上聊上一小时，还可以在嬉闹的时候坐上她们的尾巴。彼得还把她们的一把梳子给了温蒂。

那些人鱼最令人难以忘怀的光景，是在月亮刚刚升起的时候，那时她们会发出奇怪的哀号声。不过对凡人来说，环礁湖是很危险的，而且在我们现在要说到的那个夜晚之前，温蒂从来没见过月光下的环礁湖是什么样的。这不是她害怕，因为彼得肯定会陪着她，而是因为她给所有人定了一个严格的规矩，他们必须在七点前上床睡觉。不过，雨后天晴的时候，她经常来到这片环礁湖，而湖里的人鱼也会熙熙攘攘地游上来玩泡泡。这些在彩虹下呈现出五颜六色的泡泡，被当作球，她们用尾巴欢快地将它们拍来拍去，直到它们破裂消失。球门就在彩虹的两侧，只有守门员才可以用手接球。有时候，湖里有好几场这样的游戏在上演，形成了一道亮丽的风景线。

不过当孩子们想要加入的时候，他们就只能自己玩了，因为人鱼们一看到他们便立刻消失了。不过，我们有理由相信，人鱼们还在偷偷观察着这些闯进来的孩子们，而且并不排斥从孩子们身上学习新的点子。比如，约翰就发明了一种击泡泡的方法，就是用头顶泡泡而不是用手拍，于是人鱼们也采纳了这种方法。这也是约翰留在无忧岛上的一个遗迹。

孩子们在吃完午饭后，会躺在石头上休息半个小时，这也是一道风景线。温蒂坚决要求他们这样做，即使午饭是假装吃饱的，午休还是要切切实实地进行的。所以，他们就躺在太阳底下，身体在阳光下闪闪发光，而温蒂就坐在他们旁边。看起来她的地位十分重要。

还是在这样的一天里，孩子们都躺在海盗岩上休息。这块岩石并不比他们的床大多少，但是他们知道怎样躺才不会占太多空间。他们有的在打盹，有的只是闭着眼睛躺着，有时趁温蒂不注意就互相掐一下。而温蒂一直忙着针线活儿。

就在她缝衣服的时候，人鱼湖的湖面发生了变化。湖面开始震颤，太阳把自己藏了起来，阴影偷偷地掠过水面，笼罩住整片湖面。温蒂已经不能专心地穿针引线了，她抬起头，看到原本充满欢声笑语的人鱼湖，现在变得面目狰狞，充满敌意。

温蒂清楚这不是因为夜幕降临，而是某种跟黑夜一样阴暗的东西来了。不，比那还要糟糕。它虽然还没有来，但是颤动的海面向他们传达了它即将到来的讯息。它到底是什么呢？

温蒂的脑海里突然涌现出她听到过的有关于海盗岩的许许

多多的故事，这块岩石之所以叫海盗岩，是因为邪恶的船长会把水手丢在那上面，直到他们被水淹死。这些水手通常是在涨潮的时候被淹死的，因为那时候海盗岩会被水淹没。

温蒂当然应该马上把孩子们叫醒，不仅仅是因为正在偷偷靠近的未知危险，还因为石头已经变得冰凉冰凉的，在上面睡觉对身体不好。不过她还是个年轻的母亲，她不懂这个道理。她认为饭后一定要睡足半小时，这是规矩。所以，尽管她的心里已经被恐惧笼罩，尽管她的心里渴望听到男性的声音，她仍然不愿意把男孩们叫醒。即使当她已经隐约听到了划桨的声音，心都已经提到嗓子眼了，她也没有把男孩们叫醒。她就站在他们身边，守护着他们，让他们睡足觉。温蒂这样做难道不算勇敢吗?

值得这群孩子们庆幸的是，他们之中有一位即使在睡觉的时候也能闻到危险气息，他就是彼得。他突然一跃而起，就像一只完全清醒过来的忠实的犬一样，发出一阵警告的呼喊，把孩子们都叫醒了。

他站着一动不动，一只手贴到自己的耳畔。

“海盗！”他喊了起来。其他孩子立刻围了过来，这时他的脸上露出了一种奇怪的笑容，温蒂看到后忍不住发起抖起来。每当他脸上露出这种笑容时，就没有人敢跟他说话。他们唯一能做的就是站在一边等待命令。命令来了，它既干脆又利落。

“潜入水里！”

于是十几条腿一闪，人鱼湖顿时就变得空荡荡了。只剩下海盗岩还孤零零地立在可怕的水面上，像是被抛弃了一样。

一艘船向这边慢慢靠近了。那是一艘海盗的小舢板，上面有三个人，斯密、斯塔奇，另外一个是俘虏。那个俘虏不是别人，正是虎莉。她的双手和双脚都被捆着，而她也非常清楚自己的命运会如何。她就要被丢在海盗岩上了，在她看来，这种死法比被火烧死或者受尽折磨而死更加残忍，这是因为她部落的典籍里说到没有水路能通往永乐的狩猎之地。但是她的脸上没有一丝表情，因为她是酋长的女儿，她即便死也要像个酋长女儿的样子，这也就够了。

他们是在虎莉登上海盗船的时候抓住她的，当时虎莉嘴里还衔着一把刀。船上本来是没有人看守的，因为胡克经常夸口说他的名气可以保护他的海盗船在一英里范围内安全。现在虎莉的命运更会助长他的威风。夜里的时候，每一声哀号都能让他的名声顺着风儿越传越远。

他们带来的阴影太大了，在这片阴影里，两个海盗都没看到那块岩石，于是他们俩就撞了上去。

“转舵，你这个废物。”斯密操着一口爱尔兰口音说，“那石头就在这。我们现在要做的就是把这个印第安人丢在上面，让水淹死她。”

把这个美丽的女孩子丢在岩石上，是一件非常残忍的事。但是高傲的虎莉放弃了徒劳无功的抵抗。

就在离石头不远的地方，没人能看到有两个脑袋正一上一下地从水里往外吐泡泡，那是彼得和温蒂。温蒂在哭，因为这是她第一次看见悲剧。彼得见过了太多悲剧，但是他把它们都忘了。彼得不像温蒂，他不会为虎莉感到心痛，令他气愤的是他们以多欺少。他要去救她。一个简单的方法就是等到两个海盗离开之后再行动，但是他可不是那种喜欢简单方法的人。

几乎没有什么事情是彼得办不到的，他现在开始模仿起了胡克的声音。

“喂，你们两个废物！”彼得喊道。他模仿得可真是惟妙惟肖。

“是船长！”两个海盗面面相觑地说道。

“他一定是游过来找我们的。”斯塔基说，他们四处张望，并没有发现船长的踪迹。

“我们正要把那个印第安人丢到石头上呢！”斯密大声喊道。

“把她放了！”这个命令让他们震惊不已。

“放了！”

“没错，把绳子割了，让她走。”

“但是船长——”

“马上，听到没有！”彼得大声吼道，“不然我就把钩子插进你们的胸膛。”

“这真是怪事！”斯密倒吸了一口气说。

“还是听船长的命令吧！”斯塔奇紧张地说。

“是，是。”斯密说，然后就把绑住虎莉的绳子割断了。虎莉立即像一条鳗鱼一样，从斯塔奇的脚边溜进了水里。

温蒂自然为彼得的机智感到很高兴，但同时她也担心彼得会扬扬自得起来，那样他就容易自信心膨胀然后使自己暴露出来。所以她立刻伸出手捂住彼得的嘴巴。可是她的手刚伸出去就停住了，因为这时湖面上传来了胡克的声音：“船儿喂！”不过，这次可不是彼得在说话。

彼得本来可能会沾沾自喜，但是现在他吃惊地吹了一个口哨，皱起了眉头。

“船儿喂！”那声音又响起了一次。

现在温蒂明白了。真正的胡克也来了。

胡克正朝着小船游过来，他的手下在他身旁举灯为他指路，胡克很快就游到他们两个那里了。借着灯笼的光，温蒂看到一把钩子钩住了船舷，在胡克从水里湿淋淋地爬上船之后，温蒂看到了那张邪恶又黑不溜秋的脸，她浑身止不住地颤抖起来，想要快点游走。但是彼得不肯离开，他现在兴奋极了，而且他现在被自负冲昏了头脑。“我难道不是个奇迹吗？啊，我就是一个奇迹！”彼得小声地跟温蒂说。虽然温蒂也这么想，但是她更庆幸现在只有她一个人听到他说的话，不然他的威名一旦被海盗听到，他们俩就要遭殃了。

彼得向温蒂做了一个手势，示意她仔细听。

两个海盗很奇怪为什么船长来找他们，不过船长他现在用钩子托着自己的头，摆出了一个显得很忧郁的姿势。

“船长，一切顺利吧？”他们畏怯地问道，不过胡克船长用一声低沉的悲叹回答他。

“他叹气了。”斯密说。

“他又叹气了。”斯塔奇说。

“他第三次叹气了。”斯密说。

终于胡克船长热情洋溢地开口说话了。

“一切都完了，”他叫道，“孩子们找到了一个妈妈。”

温蒂虽然很害怕，但是听到这话后，她的脸上充满了自豪。

“哦，真不走运！”斯塔奇叫了起来。

“妈妈是什么？”斯密傻乎乎地问道。

温蒂惊讶得忍不住叫出声来，“这都不知道！”从这时候起，她一直觉得，要是能够养个海盗当宠物，那个人选一定是斯密。

彼得赶紧把她拉到水下面，因为胡克突然跳了起来，大叫道：“什么声音？”

“我什么也没听到。”斯塔奇说着把灯笼举起来，在水面上照了一圈。海盗们看过去的时候发现了一个奇怪的景象，就是我跟你讲过的鸟巢，它漂浮在湖面上，上面还坐着一只无忧鸟。

“看到没有？”胡克像是在回答斯密的问题一样，“那就是妈妈。这是多么生动的一课。鸟巢已经掉进了水里，但是母鸟会丢下她的孩子们吗？不会。”

胡克说话的时候停顿了一下，仿佛那一刻他回忆起了以前天真的岁月，不过他很快用他的铁钩一挥，挥掉了这柔软的一面。

斯密触动很大，鸟巢漂过去的时候，他一直凝视着那只无忧鸟。不过，小心眼的斯塔奇说：“要是她是个妈妈，那她还在这边飘来飘去的，就一定是来帮助彼得的。”

胡克的脸抽搐了一下，“对，”他说道，“这就是我一直担心的事情。”

斯密充满热情的声音让胡克从沮丧中振作了起来。

“船长，”斯密说，“难道我们就不能绑架这些孩子们的妈妈，然后让她当我们的妈妈吗？”

“这真是惊天大计划。”胡克赞叹说，很快，这个计划就在他聪明的大脑里成形了。“我们要抓住孩子们，然后把他们带到船上去，让他们走跳板，跳进海里自杀，这样温蒂就会当我们的妈妈了。”

温蒂又一次忘乎所以了。

“绝不！”她从水里冒出头来叫道。

“什么声音？”

不过他们什么也没看到。他们以为那肯定是叶子被风吹动的声音。“你们同意吗，我的伙计们？”胡克问道。

“我举手赞成。”他们两个齐声说道。

“那我举钩起誓。”

他们都发了誓。这时他们还在海盗岩上，胡克突然想到了虎莉。

“那个印第安人在哪儿？”他突然问道。

胡克船长也有幽默的时刻，他们以为船长现在又在开玩笑了。

“都办好啦，船长，”斯密非常得意地回答说，“我们已经把她放了。”

“把她放了！”胡克船长叫了起来。

“那是您自己下的命令。”这位水手长支支吾吾地说。

“是您从湖那边喊着让我们把她放了的。”斯塔奇说。

“真是气死我了！”胡克雷霆大怒，“到底在搞什么鬼？”他的脸气得发紫，不过当他看到他们坚持说没有听错命令的样子的时候，他大吃一惊。“伙计们，”他有点颤抖地说道，“我没下过这样的命令。”

“这真是太奇怪了。”斯密说他们开始坐立不安起来。胡克提高了嗓门开口了，不过话里却带着颤音。

“今夜游荡在湖上的神灵啊，”他呼唤道，“您听到我说话了吗？”

本来彼得应该保持安静的，不过他才不会这样呢。他马上模仿胡克的声音说：

“奇怪了，我能听到你说话。”

就在这个重要的时刻，胡克的脸并没有被吓得苍白，但是斯密和斯塔奇害怕地抱作一团。

“你是谁啊，陌生人？说话！”胡克命令道。

“我是詹姆斯·胡克，”那个声音回答说，“‘快乐罗杰’号的船长。”

“你不是！你不是！”胡克用沙哑的声音喊道。

“真是气死我了，”那个声音回应说，“再说一遍，我就把锚丢在你身上。”

胡克这回试着用讨好的口吻说，“要是您是胡克，”他毕恭毕敬地说道，“请告诉我，我是谁？”

“一条鳕鱼。”那个声音回答他说，“就是一条鳕鱼。”

“一条鳕鱼！”胡克茫然地念叨这一句，也就在这时候，他那骄傲的灵魂泄了气。他看到他的两个手下从他身边退到了一边。

“难道我们一直被一条鳕鱼统领着！”他们小声嘀咕着，“这可太伤自尊了。”

他们就像攻击主人的两只犬，但是，虽然胡克这会成了一个悲剧的人，他却没太留意他们。在这种可怕的情形之下，他需要的不是他们对他的信心，而是他对自己的信心。他现在觉得自己的自尊心正在悄悄地溜走，“别丢下我，伙计。”他在心里小声对自己说道。

在他阴暗的天性里，仍然还留存着一丝女性般柔和的气质，如同所有著名的海盗一样，有时，它还能给予他灵敏的直觉。突然之间，他玩起了猜猜看游戏。

“胡克，”他呼唤着说，“你还有别的声音吗？”

彼得可是从来不会拒绝任何一个游戏，于是他漫不经心地用自己的声音回答道，“我有。”

“有别的名字吗？”

“有，有。”

“是蔬菜？”胡克问道。

“不是。”

“矿石？”

“不是。”

“动物？”

“是。”

“男人？”

“不对！”这个回答的声音里带着不屑。

“男孩？”

“对了。”

“普通男孩？”

“不对！”

“奇异男孩？”

让温蒂头疼的是，他这次回答了“对”。

“你住在英格兰吗？”

“不对。”

“你住在这里吗？”

“对。”

胡克完全被弄迷糊了。“你们问他一些别的问题，”他擦了擦额头上的汗水，向另外两人说道。

斯密想了又想，“我实在想不出什么问题。”他很遗憾地说。

“猜不到，猜不到！”彼得扬扬自得地说，“你们要认输吗？”

当然啦，自负的彼得把这游戏玩过了头，这些坏人们看到他们的机会来了。

“对啊，对啊！”他们急切地说。

“那好吧，”彼得喊道，“我就是彼得·潘。”

就在这一刻，胡克又找回了自己，而斯密和斯塔奇仍然是他忠实的部下。

“现在我们找到他了，”胡克喊道，“斯密，下水。斯塔奇，看着船。快把他抓住！生要见人，死要见尸。”

他说话的时候激动得跳了起来，同时，不远处传来了彼得欢快的笑声。

“孩子们，你们准备好了没有？”

“好了，好了。”声音从湖面的四周响了起来。

“那就向海盗们进攻吧！”

战斗虽然短暂但是激烈。让敌人流下第一滴血的人是约翰，约翰英勇地爬进小船，抓住了斯塔奇。在一番激烈的打斗之后，海盗手中握着的短刀被他夺了过去。之后斯塔奇扭动着身体从船上跳到了水里，约翰也跟着他跳进了水里。小船就这样慢慢漂走了。

水面上时不时地冒出个脑袋，然后刀光一闪，紧接便是一声呼号或者呐喊声。在这场混战中，有人还击中了自己的队友。斯密的那把开瓶器刺中了图图的第四根肋骨，但是克里很快对斯密还以颜色。在离那块石头远一点的地方，斯塔奇给斯莱特里和两个双胞胎造成了不小的压力。

这种时候，彼得在哪儿呢？他在找更大的猎物。

其他孩子都是勇敢的孩子，即使他们不敢抵抗，海盗首领也不应该责怪他们。胡克的那把铁钩在船边划出了一道旋涡，孩子们便像受惊的小鱼儿一样逃走了。

但是有一个人不怕胡克，这个人已经准备好跳进那个旋涡了。

奇怪的是，他们并没有在水里交战。胡克想爬上岩石去喘口气，这时，彼得也从另一侧爬了上来。现在这块岩石湿滑得像一个球一样，他们现在只能紧贴着岩石，没法正常地攀登。他们两个都不知道对方爬上了这块岩石，两个人都在摸索着力点，结果碰到了对方的手臂，他们吃惊地抬起头，发现对方的脸都快碰上自己的脸了。于是他们就这样狭路相逢了。

一些最伟大的英雄也曾坦言，他们在投入战斗之前心里也会慌张。哪怕是彼得，到了那一时刻，也会感到慌张。毕竟,对方可是海上胡克唯一畏惧的人。但是彼得一点也不慌张，他只有一种感受——喜出望外。他兴奋地咬紧了牙齿，快速地从胡克的皮带上抽出了一把刀，就在正要刺中胡克的时候，他看到他站的地方比他的敌人高。这样打斗可不公平，于是彼得给胡克搭了一把手。

就在这时，胡克咬了彼得一口。

彼得顿时呆住了，不是因为疼痛，而是因为这样不公平。他也无可奈何，只能一脸震惊地盯着胡克看。每个孩子在第一次受到不公平对待的时候,都会有这种反应。因为他总认为，身边的人应有享受公平的权力。哪怕他从你这受到了不公平对待，他还是会爱你，但是他再也不是原来那个孩子了。没有人轻易把第一次受到的不公平对待放下，但彼得是个例外。他经常受到不公平对待，但是他忘得很快。我想，这就是他跟其他孩子的真正差别吧。

所以这次的情形，他像是第一次遇到一样，只能无助地盯着对方。胡克用铁爪抓了他两下。

不一会儿，其他孩子们就看到胡克在水里拼命游向小舢板，他那张冷峻的脸上再也没有狞笑了，他吓得惨白，因为有条鳄鱼在他身后紧追不舍。要是在平时，孩子们肯定一边跟着游一边欢呼，可是现在他们感到非常不安，因为他们找不到彼得和温蒂了。他们沿着环礁湖，呼唤着彼得和温蒂的名字，仔细地搜寻着二人的踪迹。他们发现了那艘小舢板，于是坐在上面回家了。他们在回家的路上一直在喊："彼得，温蒂。"但是除了人鱼们的讥笑声，没有任何回应。"彼得和温蒂一定已经游回去或者飞回去了。"这是孩子们得出的结论。他们现在已经不那么担心了，因为他们相信彼得。他们发出男孩子那种咯咯的笑声回家了，因为今晚可以晚点睡了，而且这还是温蒂妈妈的错。

当他们的声音渐渐消失的时候，湖面再一次被冰冷的寂静笼罩，接着传来了一声微弱的呼喊。

“救命，救命！”

两个小家伙一直抵着那块岩石，其中的女孩已经昏过去了，正躺在男孩的怀里。彼得用尽最后一点力气把她拉到了岩石上面，然后躺在了她的身边。虽然彼得也快要晕过去了，但他看到水正在涨起来。他知道他们很快就会被淹没，但是他已经无能为力了。

他们并排躺在岩石上，突然一只人鱼抓住了温蒂的脚，并轻轻地把她往水里拉。彼得感到温蒂一点一点地要滑走了，于是突然惊醒，及时把温蒂拉了回来。他必须要把真实情况告诉她了。

“温蒂，我们现在在石头上，”他说，“不过它现在越来越小了。水很快就会漫过它的。”

即使到现在，温蒂也不清楚发生了什么。

“我们必须走。”她仍欢快地说。

“对。”他回答得有些无力。

“我们是该游泳呢还是飞呢，彼得？”

他必须得跟她说实话。

“温蒂，你觉得没有我的帮助，你能游或者飞到岛上吗？”

于是温蒂不得不承认自己已经很累了。

彼得叹息了一声。

“怎么了？”温蒂关切地问道。

“我不能帮你了，温蒂。胡克把我打伤了。我现在飞不了也游不了。”

“你是说我们都会被淹死吗？”

“你看，水一直在涨。”

他们用手遮住了眼睛，这样就看不见了。他们觉得不久他们就要从这世界上消失了。就在他们这样坐着的时候，突然有样东西像吻一般轻轻地拂过彼得，然后就停在那了，似乎在怯生生地说：“我能帮你什么吗？”

那是迈克尔几天前做的一只风筝的尾巴。当时，风筝从迈克尔的手上挣脱后飘走了。

“迈克尔的风筝。”彼得不感兴趣地说，但是马上，他就紧紧抓住了风筝尾巴，然后把风筝往他的方向拽了过来。

“它能载着迈克尔飞起来，”他叫道，“那为什么不用它载你呢？”

“我们一起走。”

“它载不动两个人。迈克尔和克里试过了。”

“那我们抽签决定吧！”温蒂勇敢地说。

“你是女士，不行。”彼得已经用风筝的尾巴缠住了她。温蒂紧紧抓住彼得。她不想留下彼得一个人走掉。但是随着一声：“温蒂，再见！”彼得把她从石头上推走了。几分钟后，她就飘出了他的视野。湖上只剩彼得一个人了。

石头现在已经变得非常小了。很快，它就会被水完全淹没。水面上泛起了一丝银光，不久就能听到世界上最优美、最哀伤的歌声了，那是人鱼在对着月亮唱歌。

彼得跟其他孩子很不一样，但是在最后时刻，他还是害怕了。他浑身一阵战栗，就像是海面上涌过一排波浪一样。但是，海上的波涛一排接着一排，而彼得只在一瞬间感到了恐惧。转眼间，他又挺直身子站在石头上，脸上带着微笑，心里敲着小鼓，像是在说：“死亡，会是一场最大的冒险。”

第九章　无忧鸟

在彼得孤身一人留在岛上之前，他最后听到的声音是人鱼们一个接一个回到海底卧室发出的响声，可是他离她们太远，所以没有听到她们关门的声音。不过,在她们居住的珊瑚洞里，每当门打开或者关上的时候，门上的小铃铛都会响起来，（就像是英国最精致的房子那样），这次他也听见了铃铛声。

潮水一点一点地往上涨，渐渐漫过了彼得的脚。在被水完全淹没之前，为了打发时间，他一直凝视着湖面上唯一的小东西。他本来以为那是一张漂在水面的纸，或者是风筝的一部分，他甚至还无所事事地在想它漂到岸边需要多久。

不一会儿，他注意到了一件非常奇怪的事，它似乎是怀着一个明确的目的来到湖上的，因为它一直在逆着潮水前进，有时候它战胜了潮水。这时，一向同情弱者的彼得忍不住鼓掌叫好起来。它真是一张勇敢无比的纸。

实际上，那不是一张纸，而是无忧鸟，它正搭着自己的巢拼命地向彼得游过来。自从鸟巢掉到水里以后，她就开始学着扑棱翅膀，就这样，她勉强能够操控她那只奇怪的小船。但是在彼得认出她以前,她已经筋疲力尽了。她是来拯救彼得的，她要把自己的巢给彼得，虽然她的蛋还在巢里。我非常不理解这只鸟,因为虽然彼得对她挺好的,但是他有时也会欺负她。我能想到的是，她跟达令夫人和其他母亲一样，看到彼得的满口乳牙就立刻心软了。

她把自己来的目的大声告诉彼得，彼得也大声地问她在那里做什么。当然啦，他们都听不懂对方的话。在奇幻故事中，人类可以自由地跟鸟类交谈，我此刻也希望能够假装这是一个奇幻故事，告诉你们彼得可以轻松地跟无忧鸟交流。但是我最好还是说实话，我想告诉你们到底发生了什么。事实是，他们不但听不懂对方说的话，而且连礼貌都忘记了。

“我——想——让——你——进——我——的——鸟——巢，”这只无忧鸟在逐字逐句地尽可能把话说清楚，“那——样——你——就——能——漂——到——岸——上——了，但——是——我——太——累——没——法——再——靠——过——去——了——所——以——你——要——试——着——游——过——来。”

“你在叽叽喳喳叫什么呀？”彼得回应她说，“你为什么不像平时那样让它漂着？”

“我——想——让——你——”鸟儿又重复了一遍。

然后彼得也试着像鸟儿那样逐字逐句地把话说清楚：

“你——在——叽——叽——喳——喳——叫——什——么——呀？”

无忧鸟生气了，她们是很容易被惹怒的。

“你这个小笨蛋！”她大喊起来，“你为什么不按我说的做？”

彼得觉得她正在骂他，于是他猛烈地回击道：

“骂你自己呢！”

奇怪的是，他们之后都骂出了同样的话：

“你闭嘴！”

“你闭嘴！”

但是，这只鸟已经决定要尽力去拯救彼得。她用尽最后的力气把她的巢推到了岩石边，然后她就飞起来了，甚至连她的蛋都不管了，她的意思已经非常明确了。

彼得终于明白了，他抓住这个鸟巢，然后向这只在他头上扑棱翅膀的鸟挥手道谢。她还停留在半空中，不过不是为了等彼得感谢她，也不是为了看彼得怎么跳进鸟巢，她想看看彼得是怎么对待她的蛋的。

鸟巢里面有两枚又大又白的蛋，彼得把它们拿起来，然后开始琢磨。这只鸟用翅膀遮住了自己的眼睛，这样就看不到她的蛋的结局了，但是她还是忍不住要从羽毛的缝隙间偷偷地看。

我忘了有没有跟你们说过，那块岩石上面有块木条，那是很久以前一些海盗留下来的，用于标记宝藏埋藏的地方。孩子们之前曾发现过那些金光闪闪的宝藏，他们还淘气地抓起一大把西班牙金银币、钻石和珍珠仍向海鸥。它们还以为扔过来的是食物，但发现自己被这个卑鄙的诡计耍了后，就生气地飞走了。木条还立在那里，上面还挂着斯塔奇的帽子，那是一顶用深色油布做成的宽边防水帽子。彼得将这两枚蛋放到这顶帽子里，然后把帽子放在湖面上，让它缓慢而优雅地漂着。

无忧鸟立刻就明白彼得要做什么，她尖叫起来，向他表示赞美。唉！彼得又扬扬得意起来了。然后他跳进那个鸟巢，把木条插在上面当作一根桅杆，然后把他的衣服支起来当作一面帆。同时，这只鸟也扑棱着翅膀，再一次安安心心地坐在她的蛋上面。她往一边漂着，而彼得往另一边漂着，他们都很开心地在欢呼。

当然啦，彼得在上岸以后，把他的这艘“小船”放在一个鸟儿很容易能发现的地方。不过呢，那顶帽子可比鸟巢管用多了，她已经不要那个鸟巢了。那顶帽子一直漂着，直到散架，斯塔奇经常会来到湖边，无比难受地看着无忧鸟坐在他的帽子上。鉴于我们以后应该不会再见到无忧鸟了，这里可以顺便提一下，从那以后，无忧鸟都把巢的形状做成那顶帽子的模样，有很宽的边沿，幼鸟们还可以在那上面散步呢！

彼得回到地下的家的时候，被风筝带着到处飞的温蒂也回来了,大家可高兴坏了。每个孩子都有冒险故事要讲述。不过，也许最大的冒险是他们晚睡了几个小时。这可让他们觉得很自豪呢！他们想方设法地想把时间拖得更久一些，比如，要求包扎伤口之类的。但是，虽然温蒂也为他们平安到家感到高兴，但她也因他们迟迟不睡而感到生气，她用一种命令的口吻喊道:“上床去，上床去！”不过第二天，她又变回特别温柔的样子了。她给每一个孩子都做了包扎，他们吊着胳膊，瘸着腿玩了一整天，一直玩到了睡觉时间。

第十章　欢乐的家

人鱼湖上的那一次交战，有一个很重要的结果，那就是孩子们跟印第安人成为了好朋友。彼得从命运的手中把虎莉救了下来，现在虎莉和她的勇士们愿意为彼得做任何事情。他们一整晚都在地面上坐着，守护着地下的家，也等待着海盗们的大举进攻，显然这场进攻已经一触即发了。即使在白天的时候，海盗们也会四处巡逻，他们优哉游哉地抽着烟斗，仿佛只是想找些好吃的大吃一顿。

印第安人尊称彼得为“伟大的白人父亲”，甚至还在他面前跪拜。彼得非常享受这种待遇，不过这对他可不是一件好事。

“伟大的白人父亲，”当他们拜倒在他脚下的时候，彼得会用一种首领式的口吻说道：“很高兴看到皮卡尼尼的勇士们在对抗海盗，保卫着他们的屋子。”

“我是虎莉，”那个漂亮的女孩子回应说，“彼得·潘救了我，我就是他的好朋友，我不允许海盗伤害他。”

虎莉本身已经非常有魅力了，她本不需要像这样卑躬屈膝，但是彼得觉得这是他应当享受到的待遇，接着，他会带着一种优越感说："很好，彼得·潘发话了。"

每当他说"彼得·潘发话了"，这就表示他们必须要闭上嘴巴，印第安人们也谦卑地接受了，不过他们对其他孩子就没有这么尊敬了，在他们眼中，其他的孩子只是普通的勇士而已。他们会说"你好"诸如此类的话，让孩子们不开心的是，彼得似乎也认为这样子没错。

私下里，温蒂有点同情他们，但是她是一个勤勤恳恳的家庭主妇，她听不得任何有关孩子的爸爸的坏话。"爸爸是对的。"不管她心里的真实想法是什么，她都会这么说。她心里有个想法就是印第安人不应该称她为老婆。

我们现在要讲的是那个被他们称为"特别一夜"的晚上，那晚发生了意想不到的事情，也产生了意想不到的结局。当时白天风平浪静，像是在积蓄力量一样。到了晚上，印第安人们都裹着毯子在地面上站岗，而孩子们正在地下的家中吃饭。但除了彼得，他出去打听时间去了。在岛上，打听时间的办法就是找到那只鳄鱼，然后靠近它，直到它肚子里的时钟敲响。

那晚的晚饭正好是要假装吃茶点，他们围坐在大桌子旁边，胡吃海塞。他们闲聊和争吵发出的噪声，温蒂说简直让人震耳欲聋。其实，温蒂不是介意声音太大，而是介意他们抢着往嘴里猛塞食物的时候，还说“是图图推了我的胳膊”这种借口。吃饭的时候有一条铁打的规矩，不可以还击，而是要礼貌地举起右手，把争端告诉温蒂，要说“我要控告谁谁谁”，但他们通常会忘记这个规矩，七嘴八舌地相互抱怨对方。

“安静，”温蒂已经第二十次让他们不要同时说话了，“你的杯子空了是吗，亲爱的斯莱特里？”

“还没空呢，妈妈。”斯莱特里看着他那个假想中的杯子说。

“他的牛奶，一口都没开始喝呢！”尼布斯插嘴说。

他这是告状，于是斯莱特里抓住了这个机会。

“我要控告尼布斯！”他急忙叫道。

但是约翰先举起了手。

“约翰，什么事？”

“彼得不在，我可以坐他的位置吗？”

“坐在爸爸的位置上，约翰！”温蒂非常生气地说，“绝对不行。”

“他又不是我们真的爸爸，”约翰回答说，“他甚至要我给他做示范，他才知道怎样做爸爸。”

这可是发牢骚，于是双胞胎叫了起来：“我们要控告约翰！”

图图举起了自己的手，图图是孩子们中最谦逊的一个了，实际上他也是唯一一个谦逊的孩子，因此温蒂对他非常温柔。

“我觉得，”图图羞怯地说，“我当不了爸爸。”

“不是的，图图。”

图图几乎不开口，可是一旦开口了，他就会傻乎乎地说个不停。

“我当不了爸爸，”他沉重地说，“那我猜，迈克尔你也不会同意让我当宝宝吧？”

“是的，我不同意。”迈克尔快速地回答。他现在已经在篮子里躺好了。

“我当不了宝宝，”图图说着情绪越来越低落，“那你觉得我可以当双胞胎吗？”

“不可以。”双胞胎齐声说，“当双胞胎太难了。”

“我当不了什么重要的人物了，”图图说，“那你们有谁想看我表演一套把戏？”

“没有。”他们齐声回答。

最后他停顿了一下，然后说道：“我真是没有希望了。”

接着，可恶的告状又开始了。

“斯莱特里在桌子上咳嗽。”

“双胞胎先吃的是起司蛋糕。”

“克里拿了黄油和蜂蜜。”

“尼布斯说话的时候满嘴都是吃的东西。”

“我要控告双胞胎。”

“我要控告克里。”

“我要控告尼布斯。”

“哦，天哪，天哪，”温蒂叫起来，“我有时真羡慕还没有结婚的女人。”

温蒂让他们把饭桌收拾干净，然后坐到了她工作的篮子旁边。篮子现在已经装满了长袜子，而且像平常一样，每只长袜子的膝盖处都有一个洞。

“温蒂，”迈克尔抗议说，“我太大了，不能睡在摇篮了。”

“总得有一个人要睡在摇篮里呀，”她近乎严厉地说，“而你是最小的一个。摇篮是每个家里最温馨的好东西。”

当温蒂在缝缝补补的时候，孩子们就在她的旁边玩耍。那浪漫的炉火映照着他们欢乐的笑脸和舞动的手脚。这是地下家中非常温馨的一个场景，但是这是我们最后一次见到了。

地面上传来了脚步声，当然啦，温蒂是第一个辨认出那脚步声的人。

“孩子们，我听到你们爸爸的脚步声了，他会希望你们去门口迎接他的。”

在地面上，印第安人们都跪着迎接彼得。

“勇士们，好好看守。我发话了。”

接着，就跟往常一样，欢乐的孩子们把他拉进了树洞。虽然是跟往常一样，但以后再也不会有了。

他给孩子们带来了一些坚果，给温蒂带来了准确的“时间”。

“彼得，你会把孩子们惯坏的。”温蒂傻笑着说。

“啊，孩子他妈。”彼得一边说，一边把枪挂了起来。

“对妈妈要称呼‘孩子他妈’，这是我告诉他的。”迈克尔小声地对克里说。

“我要控告迈克尔。”克里马上说。

双胞胎中大点的那个走向彼得说：“爸爸，我们想跳舞。”

“跳吧，我的小家伙。”彼得说。他现在心情很好。

“但我们想让你跳舞。”

彼得可是他们中跳得最好的人，但是他装作很生气的样子说：“我！我的老骨头会散掉的。”

“妈妈也要一起跳舞。”

“什么？”温蒂叫道，“一个有了一大堆孩子的妈妈，还跳舞？”

“但这是星期六的晚上啊。”斯莱特里巧妙地补充说。

实际上，这天并不是星期六，很可能早就过了，反正他们早就算不清日子了，不过每当他们想做一些特殊的事情，他们就会说这是星期六晚上，然后就能做成。

“可不是嘛，彼得，这是星期六的晚上。”温蒂有些让步地说。

“我们是大人，温蒂！”

“但这是跟我们的孩子一起啊。”

“对啊，对啊。”

就这样，跳舞的提议获得通过，前提是他们要先把睡衣穿上。

“啊，孩子他妈，”彼得坐在温蒂旁边，烤着炉火，看着正在补鞋跟的温蒂说，“辛苦了一天，在晚上的时候，你跟我在炉火旁边休息，看着小家伙们在附近玩耍，再也没有比这更让人高兴了。”

“彼得，这样很温馨，对不对？”温蒂非常高兴地说。“彼得，我觉得克里的鼻子很像你。”

“迈克尔像你。”

温蒂向彼得走过去，把手搭在他的肩上。

“亲爱的彼得，”她说，“养育了这么一大家子，而且我的青春已过，但是你不会找人替代我，对不对？”

“不会的，温蒂。”

彼得当然不想替换掉温蒂，但是彼得现在不安地看着温蒂，一直眨着眼睛，你说不清他是醒着的还是睡着了。

“彼得，怎么了？”

“我只是在想事情，”他有点害怕地说，“我只是假装是他们的爸爸，是不是？”

“是的。”温蒂认真地说。

“你看，”彼得继续怀着歉意说，“让我当他们真正的爸爸，会显得我很老。”

“但是他们就是我们的孩子啊，彼得。是你的，也是我的。”

“但不是真的孩子对吗，温蒂？”他焦虑地问。

“你要是不愿意这么想，那就不是。”她回答说，随后，她清清楚楚地听到彼得舒了一口气。“彼得，”她努力用坚定的语气说，“你对我到底是什么感觉？”

“就跟一个孝顺的孩子一样，温蒂。”

“我就知道。”温蒂边说边独自走到房间最远的一头，然后坐下。

“你好奇怪，”彼得说，他显得很困惑，“虎莉也是这样。她好像也想当我的什么，不过她说不是想当我的妈妈。”

“不，当然不是。”温蒂特意强调了一下。现在我们知道为什么温蒂对印第安人有偏见了吧。

“那是什么？”

“这种事情，女士是说不出口的。”

“哦，好吧，”彼得有点恼火地说，“也许叮当愿意告诉我。”

“是呀，叮当愿意告诉你，”温蒂说了一句刻薄的话，“她就是个被人抛弃的小家伙。”

叮当这时候正在她自己的卧室里偷听他们说话，这时尖声地说了一句不假思索的话。

“她说她就喜欢被人抛弃。”彼得解释说。

他突然想到一个念头：“也许叮当想当我的妈妈？”

“你这个蠢蛋！”叮当大发雷霆地喊道。

叮当经常说这句话，说得多了，不需要翻译，温蒂也能听明白。

“我基本赞同她说的话。”温蒂严厉地说。真想不到温柔的温蒂也发火了！温蒂已经忍不住了，而且她也不知道这个晚上会发生什么。要是她知道的话，她就不会发火了。

他们没人知道会发生什么。也许不知道才是最好的。就因为不知道，所以他们可以高高兴兴地多度过一个小时。这是他们在岛上度过的最后一个小时，我们应该庆祝他们仍然拥有六十分钟的欢乐时光。他们穿着睡衣又唱又跳。他们唱的是一首有趣但古怪的歌曲，在歌里，他们假装害怕自己的影子，可是他们不知道，很快就会有影子找上他们，到那时他们就会畏惧于影子带给他们的真实的恐怖了。他们在床上床下互相喧闹地推来推去，跳着欢欣的舞蹈。与其说是跳舞，不如说是枕头大战。他们闹完以后，枕头们还又打了一个回合，似乎知道可能再也见不到彼此了。还没到温蒂讲睡前故事的时间，孩子们就已经讲了无数个故事。即使是斯莱特里，在那个晚上也想着讲好一个故事，只不过故事的开头太过无聊了，不光是别人，他自己也听不下去了。他开心地说：

“没错，这个开头很没意思。我说，那就假装这是个结尾吧！”

然后，他们都钻进被窝里听温蒂讲故事，这是他们最爱听的故事，但是彼得一点也喜欢不起来。通常，每当温蒂开始讲这个故事，彼得就会离开房间或者用手捂住自己的耳朵。也许这一晚，彼得也这么做的话，他们可能还能留在岛上。但是今晚他没离开他的小凳子，我们马上就能看到即将发生什么了。

第十一章　温蒂的故事

“那听好了，”温蒂准备讲自己的故事了，迈克尔凑在她脚边，七个孩子趴在被窝里，“曾经有一位绅士——”

“我更希望是位女士。”克里说。

“我希望他是只白老鼠。”尼布斯说。

“安静，”他们的妈妈温蒂轻声地责备说，“曾经还有一位女士，还有——”

“哦，妈妈，”双胞胎中的哥哥叫了起来，“您不应该说曾经，对吧？因为她没有去世，对不对？”

“哦，对。”

“我很高兴她没死，”图图说，“你高兴吗，约翰？”

“我当然高兴了。”

“你高兴吗，尼布斯？”

“非常高兴。”

“你们高兴吗，双胞胎？”

“我们也高兴。”

“哦，天哪，”温蒂叹了口气。

“别吵了。”彼得喊道，不管这个故事多么让他不愉快，他也决心要让温蒂继续讲下去。

“这位绅士的名字，”温蒂继续讲道，“叫作达令先生，而女士的名字叫作达令夫人。”

“我认识他们。”约翰故意气其他孩子说。

“我应该认识他们。”迈克尔不敢肯定地说。

“可以听出来他们已经结婚了，”温蒂解释说，“你们猜猜看他们有什么？”

“白老鼠。”尼布斯灵光一闪。

“不对。”

“真难猜啊，”图图说，其实他早就记住这个故事了。

“安静，图图。他们有三个子女。”

“子女是什么？”

“双胞胎，你们就是子女。”

“听到了吗，约翰？我是子女。”

“子女是孩子们的意思，”约翰说。

“哦，天哪，天哪，”温蒂叹气说，“这三个孩子有一位忠诚的保姆，名字叫娜娜，但是达令先生经常对她发脾气，还把她锁到院子里，所以所有孩子都飞走了。”

“这故事太有意思了。”尼布斯说。

“他们飞走了，”温蒂继续讲着，“飞到了无忧岛，走丢的孩子们也都在那儿。”

“我刚才就这么想的。”克里激动地插了句话，“我说不出为什么，但是我就是知道！”

“哦，温蒂，”图图叫道，“其中一个走丢的孩子是不是叫图图？”

“对，没错。”

“我在故事里面。太棒了！我在故事里面哦，尼布斯。”

“嘘。现在我要你们想象一下，孩子们飞走以后，这对不幸的爸爸妈妈会有什么感受？”

“哦！”他们苦恼地喊了出来，他们真的一点也想象不出那对不幸的爸爸妈妈有什么感受。

“想一想床上都是空荡荡的。”

“哦！”

“非常心痛。”双胞胎中的哥哥欢快地说。

“我觉得这个故事肯定没有快乐的大结局，”双胞胎中的弟弟说道，“你说呢，尼布斯？”

“我快愁死了。”

“如果你知道妈妈的爱有多么伟大，”温蒂骄傲自豪地告诉他们，“你们就不会感到害怕了。”温蒂现在讲到彼得讨厌的那一部分了。

“我喜欢妈妈的爱，”图图边说边用枕头戳尼布斯，“你喜不喜欢啊，尼布斯？”

“我也喜欢。”尼布斯说着把枕头向图图戳了回去。

“你看，”温蒂得意地说，“我们故事的女主角知道妈妈永远会让窗户打开着，等着她的孩子们飞回去，所以他们在外面过了很多年，度过了非常快乐的时光。”

“他们回去过吗？”

“让我们现在，”温蒂鼓起全部的勇气说，“偷偷看一眼未来。”于是他们把手指弯曲成一个小孔，好把未来看得更清楚一些。“许多年飞逝而去，这位刚从伦敦站下车的优雅女士是谁呢？”

“哦，温蒂，她是谁？”尼布斯激动万分地喊道，就好像他不知道似的。

“她会不会是——没错——不对——她就是——美丽的温蒂！”

“哦！”

“那陪在她身边的那两个正直高大的男士是谁？他们会不会是约翰和迈克尔呢？是的，就是他们！”

“哦！”

“‘看到了吗，亲爱的弟弟们？’温蒂向上指着说道，‘那扇窗户还开着呢。啊，我们对妈妈的爱坚信不疑，现在我们得到了回报。’说完他们便飞向他们的爸爸妈妈怀里。没有什么语言能够描绘这个幸福的场景，所以这里我们就省略不讲了。”

故事就是这样，孩子们和讲述者都很高兴。你看，故事讲得合情合理吧。我们有时候也会像那些最没心没肺的东西一样偷偷溜走，孩子们本质如此，但同时又招人疼爱。我们度过了这些属于私人的时光，然后当我们需要特别的关心的时候，我们又会大方地回来，并且相信自己不但不会受到责打，反而会得到父母的奖赏。

他们对妈妈的爱确实是坚信不疑，这也让他们心安理得地在外面多逗留了一些时日。

但是只有一个人懂得更多，当温蒂讲完以后，他发出了一声低沉的呻吟。

“怎么了,彼得？”她边喊边向他跑过去,以为彼得生病了。她热心地用手抚摸他胸口下的地方。“哪里痛啊，彼得？”

“不是那种痛。”彼得依然沉闷地回了句。

“那是什么痛？”

“温蒂，关于妈妈的事，你说错了。”

孩子们被他激动的样子吓到了，纷纷过来围住他，彼得诚恳地把隐瞒的事情一件一件地说了出来。

“很久以前，”他说道，“我跟你们一样，也觉得我的妈妈会一直把窗户打开等着我，所以我在外面过了一夜又一夜，后来我飞回去了，但是窗户已经关上了，因为妈妈已经把我忘掉了，我的那张床上也已经睡着另一个小男孩了。”

我不确定这是不是真的，但是彼得认为事情就是这样，这件事让孩子们感到非常害怕。

“你确定妈妈们都是那样的吗？”

“确定。”

原来妈妈是这样的人，癞蛤蟆。

不过最好还是要小心点，而且没有人比孩子更清楚什么时候要认输。“温蒂，咱们回家吧！”约翰和迈克尔齐声叫道。

“好。”温蒂紧紧地搂着他们俩说。

“不是今晚吧？”走丢的孩子们不知所措地问。他们的心里坚信，一个人离开妈妈后，也可以过得很好，只有母亲们才会觉得你不可以。

“马上就走。”温蒂坚决地回答他们，因为她心里想到了可怕的事情，“也许妈妈现在正在悼念我们呢！”

这种可怕的想法让温蒂忽视了彼得的感受，温蒂相当直接地对他说：“彼得，你可以做些必要的安排吗？”

“可以，如果你希望如此。”彼得平淡地说，就好像温蒂是让他递个坚果一样简单。

他们之间竟然没有“你走了我很难过”的那种情绪！要

是温蒂觉得分别并没有什么大不了的，那彼得也要向她表示，他也不在意。

但实际上，他非常在意，而且他现在对大人们充满了愤怒，觉得他们总是把事情搞得不尽如人意。他一回到他的树洞里就故意快速短促地呼吸，大概每秒钟呼吸五次的样子。他之所以这么做，是因为无忧岛上有个说法，你呼吸一次，就会有一个大人死去。彼得现在想要尽快让大人们都消失。

在给印第安人们做了必要的指示以后，他回到了自己的家。在他不在家的这段时间，发生了一件可鄙的事情。一想到温蒂就要走了，那些惊慌失措的孩子们竟准备威胁她。

"以后会比她来之前更加糟糕。"他们喊道。

"我们不能让她走。"

"我们要把她关起来。"

"对，把她锁住。"

在这危险的时刻，直觉告诉温蒂应该向谁请求帮助。

"图图，"她喊道，"你要帮我。"

这难道不是怪事吗？温蒂竟然向图图请求帮助，要知道，图图可是最笨的那个孩子。

然而，图图一本正经地回应了。就在那一刻，图图显得一点也不笨，而且他说的话充满了威严。

"我只是图图，"他说，"没有人把我当回事。但是，谁要是不像个英国绅士那样对待温蒂，我就让他狠狠地流血。”

说着，图图拔出了他的短刀，那一刻，他就像是散发着耀眼光芒的太阳。其他孩子不安地往后退了回去。后来彼得回来了，他们立刻就明白了，彼得根本不会支持他们的做法。彼得从来不会违背女孩子的意愿，强迫她留在无忧岛。

“温蒂，”他一边说，一边在房间里踱来踱去，“我已经跟印第安人说好了，他们会带着你们穿过林子，因为飞行会让你们很累。”

“谢谢你，彼得。”

“然后，”彼得用他那短促而尖锐的声音，像平常发号施令那样继续说，“叮当会带你们飞过大海。去叫醒她，尼布斯。”

尼布斯过去敲了两下，叮当才过来开门，其实叮当已经坐在床上偷听一会儿了。

“你是谁啊，竟敢敲我的门？走开！”她喊道。

“你该起来了，叮当，”尼布斯在门外喊道，“然后带温蒂出远门。”

叮当听到温蒂要走，心里自然很开心，但是她已经愉快地决定不给温蒂带路了。于是她更加不客气地说了这话，然后又假装睡着了。

“她说她不去。”尼布斯叫道。叮当的不服从让彼得吃了一惊，于是他一脸严肃地走向了这位年轻女士的闺房。

“叮当，”他严厉地说，“要是你不马上起床，穿好衣服，我就掀开窗帘，那样我们就都会看到你穿睡衣的样子了。”

听到这话，叮当一下子就跳到地上，“谁说我不起来？”她喊道。

与此同时，孩子们正愁眉苦脸地看着温蒂。现在，温蒂、约翰和迈克尔都已经做好了出门的准备。孩子们倍感沮丧，不只是因为他们就要失去她了，还因为他们觉得温蒂要去一个好地方了，但是没有邀请他们一起去。新奇的事物总能拨动他们的心弦。

温蒂觉得孩子们现在这样子是出于对彼此深厚的感情，于是她的心也软了下来。

“亲爱的孩子们，”她说，“要是你们愿意跟我一起走，我基本上可以保证，我会说服我爸爸妈妈收养你们。”

温蒂的这份邀请本来是专门对彼得说的，但是每一个孩子都以为是对他们自己说的，于是他们高兴得手舞足蹈起来。

“但是他们不会嫌我们人数太多了吗？”尼布斯说着，突然不跳了。

“哦，不会，”温蒂不假思索地说，“只是在客厅里要多加几张床而已，头几个星期四①，我们可以把床藏到屏风后面。”

“彼得，我们能去吗？”他们都恳求地喊道。他们理所当

① 星期四大概是达令家接待客人的日子。——译者注。

然地认为，要是他们去的话，彼得也会一起去，不过，他们其实并不是很在意彼得会不会去。孩子们都是这样，一看到有新奇的事物，便随时能够离开自己最亲爱的人。

“好吧。”彼得苦笑着说，于是孩子们立刻就去收拾东西了。

“现在，彼得，”温蒂想着所有东西都已经安排妥当了，她说，“我要给你吃完药再一起走。”她总是喜欢给孩子们吃药，而且总是会给得太多。当然啦，那只是水而已，不过它是从瓶子里倒出来的。温蒂总是会晃一晃瓶子，然后数一数倒出了几滴，仿佛这样做就能让药产生某种疗效一样。不过这次她没有给彼得喝，因为在她做好准备的时候，温蒂看到了彼得脸上的表情，心也随之沉了下去。

“去收拾你的东西呀，彼得。”温蒂战战兢兢地喊道。

“不，”他假装冷漠地回答，“我不要跟你走，温蒂。”

“必须要走，彼得。”

“不。”

为了表现他对温蒂的离别无动于衷，他在房间里跳来跳去，还没心肝地欢快地吹起了的笛子。温蒂只能在后面追着他跑，看上去很不体面。

“去找你的妈妈吧。”温蒂安抚他说。

现在，即使彼得曾有过妈妈，他也已经不想她了。没有妈妈，他照样能过得很好。他已经看透她们了，能记起来的只有她们的缺点。

“不，不，”他坚决地告诉温蒂，“也许母亲会说我长大了，但是我只想永远当个小孩，好好玩耍。”

“但是，彼得——”

“不。”

这件事必须告诉其他孩子们。

“彼得不去了。”

彼得不去了！孩子们不知所措地望着他，他们的背上都扛着一根木棍，木棍上还挂着一个包袱。他们最先想到的是，要是彼得不去了，那他可能已经改变主意也不让他们去了。

但是彼得那么自大，才不会那样小心眼，“要是你们找到自己的妈妈了，”他阴沉地说，“我祝愿你们会喜欢她们。”

这种讽刺的语气让人听着很不舒服，所以大多数孩子们的脸上露出了疑惑的表情。毕竟，他们的表情似乎在说，要是坚持走，那会不会他们才是大笨蛋？

“好啦，”彼得喊道，“别大惊小怪的，也别又哭又闹的。再见，温蒂。”说着他伸出手，然后欢快地挥舞着，就好像他还有什么重要的事情要做，他们必须得赶紧离开似的。

温蒂只好抓住彼得的手，但彼得现在可没有表现出他想要一个“顶针”的样子。

“你会记得换你的法兰绒裤子吧，彼得？”温蒂恋恋不舍地看着他说。温蒂总是对他们的法兰绒裤子特别在意。

“会的。”

“那你会吃药吗？”

“会的。”

要说的好像也就这些了，说完后便是一阵令人尴尬的沉默。不过，彼得可不是那种会在其他人面前哭哭啼啼的人。“你准备好了吗，叮当？”他大声喊道。

“好了，好了。”

“那就带路吧！”

叮当飞冲上了最近的一棵树，但是没有人跟她走，因为这一刻，海盗们对印第安人突然发起了一场可怕的袭击。在地面上，原本一切都风平浪静的，此刻回响着无数尖叫声和刀剑的撞击声，在地下，是死一般的寂静。孩子们错愕地张开了嘴。温蒂跪了下来，双手伸向彼得。其他孩子也都把双手伸向了彼得，就像是有一道强风往他那边吹一样。孩子们现在正无声地乞求彼得不要抛弃他们。至于彼得，他握紧了他的剑，就是那把他认为用来杀死了巴比克的剑。现在，他眼里充满了战斗的渴望。

第十二章　孩子们被带走了

海盗的袭击完全出乎意料，这也足以证明不择手段的胡克是个不按常理出牌的家伙，因为在印第安人眼里，白人还没聪明到这种地步。

根据这片土地上不成文的战争法则，印第安人通常是发起进攻的一方，而且充满智慧的印第安人会选择在黎明前发起进攻，因为他们知道在这个时候，白人的士气最低落。那个时候，白人们已经在远处起伏不平的山坡上筑起了一道简陋的围栏，围栏下流淌着一条小溪流，因为离水源太远就不能生存。他们就在围栏的后边准备迎战，没有经验的白人会把手枪握得紧紧的，还会一直踩到地上的树枝。而老手们会安安静静地在一旁睡觉，等待着黎明的到来。在漫长的黑夜中，这些印第安侦察兵会像蛇一样蠕动前进，不会拨乱一根草。他们身后的灌木丛悄悄合上了，就像是一只土拨鼠跳进了沙坑一样，谁都无法察觉。而且，谁都听不到这群土著人的声音，除了他们有时候会巧妙地模仿丛林里狼的叫声。其他勇士听到后会进行回应，他们中有些人模仿得惟妙惟肖，有的人的叫声甚至比得上那些不太会嚎叫的狼。黑夜寒冷而又漫长，对于第一次体验到的白人来说，长时间的提心吊胆相当折磨人，但是对于经验丰富的老手来说，那些可怕的号叫声以及更可怕的寂静无非是在告诉他们，漫长的黑夜是如何消逝的。

这种战斗惯例，胡克可是再清楚不过了，要是他把这点忽视了，那就不要再拿无知作为借口了。

另一方面，皮卡尼尼部落的人毫无保留地相信胡克会遵守这个惯例，而且他们整晚的行动完全按照与胡克相反的方式进行着。凡是关乎部落荣誉的事情，他们一件也没落下。他们敏锐的洞察力让那些文明社会的人感到既惊讶又绝望，要是谁踩断了一根干树枝，这些印第安人立刻就能知道海盗要登陆岛了。倏忽之间，丛林狼的嚎叫声响起了。在胡克登陆的地点到孩子们地下的家之间的每一寸土地，勇士们都穿着印第安软皮鞋偷偷侦察过了。他们发现只有一处小山丘的下面，有一条小溪流，所以胡克别无选择，他只能在这里安营扎寨，然后等黎明到来。在对所有事情进行了近乎巧妙的妥当安排之后，印第安人的主力部队为自己披上了毯子，用他们最珍贵的男子汉气概，镇静地蹲守在孩子们的家的上方，等待着屠戮的残酷时刻。

这些印第安人虽然眼睛睁得大大的，但是都在做着美梦，梦到拂晓时分他们要怎样好好地折磨胡克。然而，这些单纯的土著人被奸诈的胡克发现了。根据那些后来从屠杀中逃出来的侦察兵所说，虽然月光灰蒙蒙的，但是胡克肯定看到了那座小土丘，然而他并没有在土丘上停留。他那狡猾的头脑从始至终都没有过想要坐以待毙。他甚至不愿再等到黎明时刻，便迫不及待地投入战斗了。于是，这些不知所措的侦察兵慌了手脚。他们虽然精通每一种战术，但唯独这一次，只能无奈地跟在胡克后面，又因发出丛林狼的哀号声，将自己暴露于致命的危险之中。

勇敢的虎莉身旁围坐着十二位最强壮的勇士，他们忽然看到了那些不遵守惯例的可耻海盗正在逼近。现在，挡在他们眼前和胜利之间的那层纱幕已经揭开了。他们再也不用在刑台架上折磨敌人，对于他们来说，现在这里是一片畅快搏杀的狩猎场。他们心里也非常清楚这点，但是他们想要恪守印第安人的战斗传统。在这时候，如果他们可以快点站起来，他们仍然有时间列出一个牢不可破的方阵，但是印第安人的战斗传统禁止他们这么做。部落里有祖训，高贵的印第安人绝对不能在白人面前惊慌失措。因此，对他们来说，海盗们的突然出现虽然无比可怕，但是他们完全一动不动，就好像这些敌人是应邀而来的一样。他们无畏地坚守着祖训，并拿起了武器，发出了震天的呐喊声。但是，现在已经太迟了。

我们没办法描述当时发生的那场战斗多么惨烈，因为它俨然是一场大屠杀。皮卡尼尼部落的许多英勇战士都倒下了，但是他们战死之前也没让敌人好受。海盗阿尔夫·梅森与战士“瘦狼”同归于尽，再也不能袭扰加勒比海了。此外，战死的海盗还有杰奥·斯库利、查斯·托利，以及阿尔萨斯人福格蒂。海盗托利倒在了可怕的“美洲豹”的利斧之下，而“美洲豹”最终跟虎莉以及部落里的少数幸存者一起，一路杀出了海盗的包围圈。

这一战，胡克需要为自己的战术承担何种程度的谴责，姑且交给历史学家去评判。要是胡克在高地上一直等到天亮，那么被宰杀的人就是他和他的手下了。因此，在评判他的时候，需要将这一点考虑进去。也许他那时应该做的是通知他的对手，告诉他们他已经计划采用新的战术了。但另一方面，这样做的话，奇袭就完全不成立了，他的战术也就毫无用处了。所以这个问题我们很难下结论。然而，虽然很勉强，但我们也不得不佩服，胡克能构想出这个大胆计划的谋略并能以他残忍的本性去执行这个计划。

胜利到来的时刻，胡克的心情是怎样的呢？他的手下们可是十分愿意知道。他们围拢过来，但是谨慎地跟胡克的铁钩保持一定距离。他们一边喘着粗气，一边擦着手里的短刀，用打量的眼神偷瞄着这个奇男子。他的内心一定是狂喜的，但是脸上没有显露出来。他阴暗、孤独。在精神以及性格上，他与他的追随者截然不同，他永远是个谜一样的人物。

今夜的作战任务还没有完成，因为胡克要消灭的目标并不是印第安人，这些印第安人只相当于被烟熏走的蜜蜂，除掉他们才能取得蜂蜜。胡克的目标是彼得·潘。他也想要温蒂和那群孩子，但主要是彼得·潘。

彼得·潘还是个小孩子，这让人不禁费解，这个男人到底跟他结下了什么样的深仇大恨？没错，彼得确实把胡克的手臂扔到了鳄鱼口中，而且在鳄鱼的穷追不舍下，胡克的生命不断受到威胁，但是即使这些也很难解释为何胡克会做出如此无情恶毒的复仇。实际上,让胡克抓狂的是彼得的一个特点，不是勇气，也不是彼得迷人的外表，不是——好吧，不绕弯子了，我们心里都十分明白，也得承认，那个特点就是彼得太自大了。

这一点刺激着胡克的神经，让他气得使钩子直发抖，夜里，这念头也像个小虫子一样让他心烦。要是彼得活着，这个备受折磨的人就会觉得自己是头被关在笼子里的狮子，而笼子里还有一只麻雀在叽叽喳喳叫。

现在的问题就是，怎么样钻进树洞，或者怎么样让他的手下钻进去。他用贪婪的目光扫视着他们，希望找到最瘦的那一个。他们不安地缩了缩身子，因为他们知道，他肯定会毫无顾忌地用棍子把他们戳进去。

这个时候，孩子们怎么样了呢？在刚刚交战的时候，我们看到他们仿佛成了石像，张大了嘴巴，伸出了双手，向彼得恳求。现在回来看看，他们的嘴巴合上了，双手也放下了。地面上的喧嚣刚开始没多久就停止了，就像是一股强风吹过一样。但他们知道，风吹过的时候，他们的命运已经被决定了。

哪一方赢了呢？

海盗们趴在树洞口心急地听着，他们听到了每个孩子都在问这个问题，但是可惜呀，彼得的回答也被他们听到了。

“要是印第安人赢了，”他说，“那他们就会敲手鼓，这一直是他们胜利的信号。”

斯密找到了手鼓，现在正坐在上面哩。“你再也听不见鼓声了。”他自言自语地说，不过这声音他们自然是听不见的，因为胡克下令要保持绝对安静。让他吃惊的是，胡克向他做了一个手势，让他敲响手鼓。慢慢地，斯密明白了，这是个非常恶毒的命令。这个头脑简单的人也许从来没有像现在这样那么佩服胡克。

斯密在手鼓上敲了两次，然后停下来兴致勃勃地听孩子们说话。

“是手鼓，”这些坏人听到彼得喊道，“印第安人赢了！”

这些不幸的孩子听完，发出了一阵欢呼，这些欢呼声在地面上的黑心家伙听来，可是无比悦耳的音乐。孩子们立即再次向彼得告别，这让海盗们很困惑，不过现在占据他们心里的是卑鄙的欢乐，孩子们就要从树洞里爬上来了。他们一个个得意地笑着,开始摩拳擦掌起来。胡克迅速而又小声地下令：每一个人守一棵树，其他人排成一排，每隔两码站一个人。

第十三章　你相信有仙子吗？

这个恐怖的故事，我们越快讲完越好。第一个从树洞里钻出头来的是克里，他一出来，立刻就落到了切科的怀里。切科把他被扔给了斯塔奇，斯塔基把他丢给了比尔·朱克斯，斯塔基又把克里抛给了努得勒。就这样，克里被扔来扔去，最后掉到了那个黑人海盗的脚边。所有的孩子都被海盗们用这种粗暴的方式从树洞里拔了出来。甚至有几次，好几个孩子被抛到了空中，就像是扔包裹一样。

最后一个出来的是温蒂，她受到了不一样的待遇。胡克嘲弄似的向她脱帽致敬，让她挽着他的手臂，护送她走到关着孩子们的地方。胡克举止优雅，充满风度，温蒂竟然像着了迷似的而没有哭出来。毕竟她还只是个小女孩嘛！

也许把温蒂一时被胡克迷住的事情泄露出来会有些多嘴，但是我们需要把这件事讲出来，因为她犯的这个小错误产生了出乎意料的结果。要是温蒂傲慢地拒绝挽胡克的手臂（我们也乐于这么描述温蒂），那她就会跟其他孩子一样被丢到空中，但是那样的话，胡克就不会去看那些被绑住的孩子们了；要是他不去看那些被绑住的孩子们，他就不会发现斯莱特里的秘密；要是他没有发现那个秘密，他也就不会立刻想要图谋彼得的性命了。

为了不让孩子们飞走，海盗们把他们捆了起来。为了让他们耳朵贴着膝盖挨个捆在一起，黑人海盗把绳子平均截成了九段。一切都进行得很顺利，直到他们在绑斯莱特里的时候。因为斯莱特就像个恼人的包裹一样，捆绑他时绳子全用完了，最后还打不上结。海盗们很生气，于是狠狠地踢他，就像踢包裹那样（不过说句公道话，他们踢到的应该是绳子）；但是奇怪的是，胡克让他们停止了这种暴力行为。现在，胡克的嘴上因为胜利而露出了一副邪恶的笑容。每次，海盗们想要把这些可怜的小家伙的某一部分捆紧一点，总会有另外一部分胀出来，他们现在正在为这个忙得满头大汗呢！但是聪明的胡克已经看穿了斯莱特里，他探究的不是结果而是原因。从胡克那副狂喜的模样可以看出，他已经找到了原因。斯莱特里现在吓得脸色发白,他知道胡克已经发现了他的秘密。原来，不管是哪个孩子，肚子胀得这么大都是根本没办法穿过树洞的，就连中等身材的成人都要用棍子戳才能穿过去。现在可怜的斯莱特里是所有孩子们中最悲惨的一个，因为他非常担心彼得，同时也在为自己犯下的错感到后悔和痛苦。斯莱特里热得受不了的时候，会疯狂地喝大量的水，结果肚子就胀成现在这样子了。但是斯莱特里并没有为了适应树洞的大小，而让自己的肚子消下去，他反而偷偷地把树洞削大了，让树洞适应他的大小。

光是这一点就足以让胡克相信，彼得最后一定会落在他的手里。胡克那深不可测的大脑已经酝酿出了一个邪恶的念头，不过他仍不动声色，只是打了个手势，让手下把这些俘虏带回他的船上，他要独自留下。

该怎样把他们带回去呢？他们现在被绳子捆成了一团，可以让他们像木桶一样从山上滚下去，但是路上要经过沼泽地。这时，胡克的智慧又一次解决了这个难题。他说，那间小房子可以用来作为搬运的工具。于是孩子们都被扔了进去，四个强壮的海盗将小房子扛在肩膀上，其他海盗跟在后面，唱着那首令人讨厌的海盗歌。他们这群人就这样出发穿过树林回去了。

我不知道孩子们有没有在哭，即使有，他们哭声也被海盗们的歌声淹没了。小房子渐渐隐没于森林中，但是，烟囱里还在冒着一小股炊烟，似乎是在勇敢地反抗胡克。

胡克看到了，这对彼得来说可不是好事。它不但激怒了胡克，还让胡克心里对彼得的那一丁点怜悯之情也荡然无存了。

夜晚很快就要过去了，胡克现在孤身一个人，他要做的第一件事就是悄悄地走到斯莱特里的那棵树那里，确定自己能不能进入树洞。然后，他陷入了久久的思索之中。他把那顶象征着不幸的帽子放在了草地上，好让自己的头发感受每一缕轻轻拂过的微风。他的内心虽然邪恶，但是他那双蓝眼睛发出的光，就像长春花一样柔软。他专注地倾听地下传出的任何响动，但是一切都跟地面上一样，安安静静的。地下的家似乎成了一个空荡荡的房子。那个男孩现在是睡着了吗，还是正拿着短刀，站在斯莱特里的树洞下等着他？

胡克无从知晓，只能亲自下去看。胡克轻轻地把外套解开放到地上，紧紧咬住了嘴唇，甚至咬出了淤血，然后他爬进了树洞。他是个勇敢的家伙，但是他也得停下来一会儿，擦一擦眉毛上的汗水，那汗水已经开始像蜡烛泪一样往下滴了。最后，他悄无声息地进入了这片未知之地。

他平安无事地到达树洞底下，然后又站住不动了。他大口吸着空气，仿佛已经太久没呼吸了。他的眼睛慢慢适应了昏暗的光线，树洞底下房间里的物体都慢慢清晰了起来。但是他那贪婪的目光最后停留在了一个地方，他找寻了那么久，终于找到了，就是那张大床，床上躺着的正是睡得香甜的彼得。

彼得对地面上发生的悲剧丝毫不知情，所以，他在孩子们走了的那一会儿，还在欢快地吹着他的笛子，这无非是在向自己证明，他一点也不在乎。后来，他还决定不吃药了，这能让温蒂伤心。再后来，他躺在床上不盖被子，这能让温蒂更生气，因为温蒂总会帮他们把被子盖得严严实实的，不然夜里他们可能会着凉。再再后来，彼得都快哭出来了，但是一想到要是自己笑的话，温蒂一定会非常气愤，于是他又自大地笑起来，然后笑着笑着就睡着了。

有时候，彼得也是会做梦的，虽然并不频繁。只是他的梦比其他孩子的梦要更痛苦些。他在梦里哭得十分凄惨，一连几个小时都没法从这些梦里摆脱出来。我想，这些梦应该跟他的身世之谜有关。一般这时候，温蒂都会把他扶起来，然后让他坐在她的腿上，用她发明的方法安慰他，等他平静下来了，再趁他还没有清醒过来之前，把他扶回去睡觉，这样，他就不知道温蒂做的这些有损他体面的事情了。但是这一次，彼得睡觉的时候没有做梦。他一只手臂耷拉着，一条大腿拱着，嘴巴张着，露出了还没有消失的笑容和一颗颗珍珠般的小牙齿。

就这样，毫无防备的彼得被胡克发现了。胡克静静地站在树洞底部，站在屋里的另一头，望着他的这位死敌。难道他那颗阴暗的心一丝也没有被怜悯扰动吗？胡克并不是坏到透顶的家伙；他也爱花（听说的）和甜美的音乐（他弹大键琴弹得很不错）；而且我们还得承认，眼前这种平和的景象深深触动了他。要是现在他善良的一面压过了邪恶的一面，他可能会不甘心地爬上树洞回去。然而，有一件事使他留住了。

他之所以留下来，是因为看到了彼得睡着的时候还露出的那副不可一世的模样：嘴巴张着，手臂耷着，脚还拱着。这些睡姿不就是代表傲慢吗？有些人是很介意被人冒犯的，而这样的傲慢在他们的眼里更是完全不能容忍的，于是胡克铁了心。此刻，如果胡克的愤怒把自己的身体炸成了无数的碎片，那么每一片都会不管不顾地冲向那个睡着的孩子。

虽然床上还有一盏昏暗的灯亮着，但胡克站立的地方仍处于一片漆黑之中。他刚偷偷地往前迈了一小步，就碰到了一个障碍物,原来那是斯莱特里树洞的门。那个门可比树洞小多了，所以胡克一直是从门上边朝里看去的。他四处摸索着门把手，但是让他恼火的是他够不着它，因为它太低了。胡克现在思绪混乱，越发觉得彼得面目可憎了，于是他用力地晃了晃门，甚至还用身体去撞它。他的敌人会逃脱吗？

咦，那是什么？胡克那双充血的眼睛看见了彼得的装药的杯子，它就放在旁边的随手可以碰到的壁架上。他立刻就明白那是什么东西，也马上清楚这个睡着的小家伙已经落在他的手上了。

胡克一直随身带着一瓶致命的毒药，以防哪天被敌人活捉了。他四处搜刮致命的毒草，然后把它们熬制成了这瓶连科学家们都没见过的黄色液体，这大概是世界上毒性最强的毒药了。

他往彼得的杯子里滴了整整五滴毒药。他的手在颤抖，不过不是因为羞耻，而是因为狂喜。他在滴毒药的时候都没有看那个熟睡的小家伙一眼，不是因为担心自己产生怜悯而心软，只是生怕把毒药洒掉了。滴完以后，他幸灾乐祸地盯着这位受害人看了一会，然后转过身像一只虫子一样艰难地蠕动着往树上爬去。他从树洞顶部钻出来的时候像极了从地狱里爬出来的恶魔。他把帽子随意往头上一戴，披上披风，并将披风的一端裹在胸前，似乎要将自己隐没在这夜色之中，但其实他才是黑夜里最黑的一部分。他就这样偷偷摸摸地穿过林子，嘴里还神神叨叨地念着什么。

彼得还在睡觉。灯光晃了一下便熄灭了，屋里一片漆黑，但是他还在睡觉。根据鳄鱼肚子里的时钟来看，现在肯定十点多了，他不知道被什么东西吵醒了，突然从床上坐了起来。原来是他树洞的门前传来了轻缓而又谨慎的敲门声。

轻缓而又谨慎的声音出现在这寂静的夜里，可是不祥的征兆啊！彼得伸出手去摸他的短刀,然后紧紧地握住了它。接着，他开口说道：

“是谁？”

过了好长一段时间都没有人回应,随后再次传来了敲门声。

“你是谁？”

没人回答。

彼得兴奋起来，他很喜欢兴奋的状态。他迈了两大步就到了门边。这扇门跟斯莱特里的门不同，它和洞口严丝合缝地连接在一起，所以他没办法从上面看过去，敲门的人也没办法看到他。

“你不说话我就不开门了。”彼得喊道。

最后门外这个人说话了，是那个可爱的铃铛声。

“让我进去，彼得。”

是叮当，于是彼得快速地把门打开。叮当激动地飞了进去，她的脸涨得红红的，裙子上还沾满了灰尘。

“怎么了？”

“哦，你永远都猜不到！”她喊道，然后让彼得猜三次。“快说！”他吼道。然后，她用一个很长很长的、不合语法的句子把温蒂和孩子们被抓走的经过告诉了他，就像魔术师从嘴巴里不停地抽出丝带一样。

听的时候，彼得的心咚咚咚地跳个不停。温蒂被抓了，她还在海盗船上，她这么有爱心的一个人竟然会遭遇这种不幸！

“我要救她！”他一边喊着一边急忙拿起武器。在他过去拿的时候，他想到一件可以让温蒂开心的事情，那就是把药喝了。

他的手伸向了那个致命的杯子。

“不！”叮当尖声叫道，胡克穿过林子时的自言自语，她都听到了。

“为什么？”

“药里有毒。”

“有毒？谁会下毒呢？”

“胡克。”

“别傻了。胡克怎么可能下得来？”

哎，叮当也没法解释，因为她也不知道斯莱特里那棵树的秘密。然而胡克的话肯定是确信无疑的。杯子里已经放了毒药。

“而且，”彼得自大地说，“我从来不会睡着。”

彼得端起杯子。劝解已经来不及了，必须要行动了。叮当像闪电一般冲到彼得的嘴唇和药杯之间，然后一口气把药都喝光了。

“干什么？叮当，你怎么能把我的药喝掉？”

但是叮当没有回答。她现在在空中晕乎乎的。

“你怎么了？”彼得突然害怕地叫起来。

“杯子里放了毒药了，彼得，”她轻声地告诉他，“我现在就要死了。”

“哦，叮当，你喝掉它是为了救我吗？”

“是的。”

“但是为什么呀，叮当？”

现在，叮当的翅膀已经快支撑不住自己了，但是她还是飞到了彼得的肩膀上，充满爱意地咬了一下他的鼻子，当作是对他的回答。她轻声地在他耳边说：“你这个傻瓜。”然后摇摇晃晃地飞到自己的闺房里，躺到了床上。

彼得悲伤地跪在叮当身旁，他的头几乎把门都堵住了。叮当的亮光慢慢暗淡下去，彼得知道，要是亮光消失，叮当就会死。叮当多么喜欢彼得的眼泪啊，她把漂亮的手指伸过去，让眼泪从指尖滑过。

叮当的声音太弱了，彼得甚至都听不清楚她说的话。后来，他终于听清楚了。她说要是孩子们相信有仙子存在，那她就会活过来。

彼得一下子张开了双臂。这里一个孩子也没有，而且现在是晚上睡觉的时间。不过他开始呼唤所有可能梦到无忧岛的孩子们：那些穿着睡衣的普通男孩女孩们，还有那些睡在树上摇篮里的光着身子的印第安孩子们。他们这时候离他很近，并不像你们想象的那么远。

“你相信吗？”他喊道。

叮当快速地从床上坐起来，仔细听着命运的安排。

她觉得她听到了肯定的回答，但是她又不确定。

“你是怎么想的呢？”她问彼得。

“要是你们相信的话，”他向他们喊道，“拍起你们的手。不要让叮当死掉。”

许多孩子都拍手了。

有些孩子没有拍手。

有一些可恶的小家伙发出了嘘声。

拍手的声音很快就停了下来，似乎有无数位妈妈跑向他们的婴儿室，查看到底发生了什么，但是叮当已经被救回来了。她的声音先是慢慢变得有力起来，接着，她欢快地从床上跳出来，还在房间里到处飞，比以前还要高兴，忘我。她心里没想过要向那些相信有仙子存在的孩子们道谢，但是她十分愿意去报复那些发出嘘声的孩子。

“现在快去救温蒂！”

彼得从树洞里钻出来的时候，月亮正在云层里穿行着。他穿的不多，随身带着各种武器，就踏上了危险重重的征程。要是他能选择的话，他绝对不会选择在这样一个夜晚出发。他本来希望可以在地面低低地飞行，这样，有什么异常的东西就都逃不过他的眼睛。但是在今晚这样忽明忽暗的月光下飞行，还飞得那么低，他的影子就会映照在树上，不但会把鸟儿惊动，也会把自己行动的消息告诉那些警觉的敌人。

他现在非常后悔自己曾经给岛上的鸟儿取各种各样奇奇怪怪的名字，因为它们现在对他很不友好，让他很难接近这些鸟儿。

但是现在已经没有别的办法了，只有用印第安人的办法，贴着地面往前爬，幸好他擅长这样做。但是该往哪走呢？他不清楚孩子们是不是已经被带到海盗船上去了。一场小雪把所有的脚印都掩盖掉了，岛上现在弥漫着死一样的沉寂，仿佛这时候大自然还没从刚才那场大屠杀带来的恐怖中回过神来。彼得曾经从虎莉和叮当那里学到了一些森林知识，还把它们教给了孩子们。彼得知道在这种危难时刻，他们应该不会把它们忘了。比如，要是斯莱特里有机会的话，就会在树上划下痕迹。克里会撒下种子,而温蒂会在重要的地点留下她的手帕。可是要找到这些标记，需要等到白天，但是他已经等不及了。树上的生物在呼唤着他，但是都给他无法提供帮助。

除了那条鳄鱼从他身旁经过之外,再也看不到其他生物了,周围一片寂静，没有一丝动静。但是他知道，死亡或许就躲在下一棵树的后边，也可能一直偷偷地跟在他的后面。

他立下了一个可怕的誓言："胡克，这次不是你死就是我亡。"

现在，他正像条蛇一样向前爬行，忽然他又站起来，跳到了月光倾泻的空地上。他一根手指按着嘴唇，一只手握着短刀做好了战斗准备。他兴奋极了。

第十四章　海盗船

一道绿光斜斜地照射在海盗河河口附近的基德小湾上方，照亮了停泊在那儿的双桅船——“快乐罗杰”号。这艘船外形十分小巧，但每一根桅杆都散发着令人厌恶的气息，像曾经历过尸横遍野的惨剧的大地一样可憎。它是海上的食人魔，光是它那可怕的名声就足以让它在海上通行无阻，甚至不需要那只警觉的眼睛般的桅灯。

夜幕笼罩着这艘船，船上没有一点声响传到岸上。船上没有什么声音，也不会有什么悦耳的声音，只有斯密坐着的那个缝纫机正在船上呼呼地响着。斯密是个让人心疼的、勤勤恳恳的、普普通通的好人。我不知道他为什么会这么让人心疼，也许是因为他自己并没有察觉到这一点吧。即使再坚强的男人，看到他也会快速转过头去，不忍多看他一眼。在夏天的晚上，他不止一次触动了胡克的泪腺，让胡克泪流满面。然而这件事就跟其他所有的事一样，斯密丝毫没有察觉到。

几名海盗倚靠在船舷上，呼吸着夜里的雾气，其他人趴在木桶上玩着骰子和纸牌的游戏。那四个用尽力气把小屋抬回来的家伙，正躺在甲板上睡觉，即使是睡着了，他们也会从甲板这头灵巧地滚到那头，离胡克远远的，免得他经过的时候拿钩子钩他们。

胡克若有所思地在甲板上踱来踱去。哦，这个居心叵测的家伙。这可是他胜利的时刻呀。彼得永远消失了，再也不能挡他的路了，而且所有的孩子都在船上，马上就要走跳板了。自从他把巴比克制服之后，这可是他做过的最值得炫耀的事迹了。我们都知道人是多么的虚荣，所以哪怕我们现在看到他由于胜利而得意忘形地在甲板上大摇大摆地走来走去，也不会再惊讶了。

但是他的步态并没有体现出一丝得意，反而泄露了他低落的心情。胡克非常沮丧。

夜半时分，胡克经常会像这样独自在甲板上思忖，因为他太孤单了。这个叫人捉摸不透的家伙，跟他手下待在一起的时候，更觉得无比孤单寂寞。胡克的社会地位比他们高太多了。

其实“胡克”不是他的真名。要弄清他的身世可以说是本世纪的一大难题了，不过那些心细的读者们一定能猜到，他在著名的公学念过书，学校的传统在他的身上还有所体现，就像是穿在外面的衣服一样，不过传统也多是与服饰有关。因此，哪怕现在他要登上一艘刚刚俘获的战船，他也绝对不会穿着战斗时的衣服。而且他的步态仍然还像是在学校时那样，尊贵而慵懒。但是最重要的是，他保持着良好的风度。

哦，良好的风度！不管他变得有多么堕落，他仍然觉得这是真正可贵的东西。

在他内心的深处，他听到了心里有扇生锈的门嘎吱嘎吱地打开了，接着是笃笃笃的敲门声，像是晚上睡不着觉时，会听到的那种锤子敲打的声音。“你今天保持良好的风度了吗？”门后的声音永远在这样问道。

“名声，名声，这个闪闪发光的玩意，一定是我的。”他喊道。

“凡事都要追求名声，这就是良好的风度吗？”学校里传出的笃笃声又问他。

“我是巴比克唯一害怕的人，”他激动地说，“而弗林特怕的就是巴比克。”

“巴比克，弗林特——那是什么家庭出身？”那声音尖锐地诘问。

一心追求良好的风度难道不正是没有风度的表现吗？这种念头是最让他无法平静下来的。

而且这个问题还深深地折磨着他，它就像是一个比那只铁钩还要锋利的利爪，在不停地撕扯着他。每撕扯一次，他的汗水就从他如蜡一般的脸上滴下来，然后在衣服上留下一道道痕迹。他时不时地会用袖子擦他的脸，可是汗水仍流不止。

啊，不要羡慕胡克。

他突然预感自己会英年早逝，仿佛彼得的那个可怕的誓言已经登上了他的甲板。胡克愁容满面,想要发表一个临终讲话，就怕不久之后没机会这样做了。

“要是胡克他，”他喊道，“野心没有那么大就好了！”只有在最心灰意冷的时候，他才会用第三人称称呼自己。

“没有小孩子会爱我！”

很奇怪，他居然会有这种想法，因为他以前从来都没为这个烦恼过。也许是那架缝纫机让他有了这个想法吧！他一边呆呆地看着斯密，一边站在那自言自语。而斯密这时候正安安静静地缝着衣服的边角，坚信着所有孩子都惧怕他。

怕他！怕斯密！今晚登上海盗船的孩子们没有一个不爱他的。斯密会跟孩子们讲可怕的故事，还会用手掌拍打他们，因为他没法用拳头打他们，但是孩子们反而更黏着他了。迈克尔甚至还试戴了下他的眼镜。

得告诉可怜的斯密，孩子们觉得他很可爱！胡克很想这么做，但是这样做似乎太残忍了。相反，他反复在想一件难以理解的事情：为什么孩子们会觉得斯密很可爱？他现在像只警犬一样一心想要刨根问底。要是斯密很可爱，是什么让他这么惹人喜爱呢？突然他心里想到了一个可怕的答案——“良好的风度？”

所以，他这位水手长不知道自己有良好的风度，恰恰就是最好的风度吗？

他记起来一句话，要想进入波普俱乐部，你就得证明你不知道自己有风度。

胡克愤怒地大喊了一声，然后把他的铁钩伸到斯密的脑袋上。但是他没有下手。因为有一个念头止住了他：

“就因为一个人有风度而用铁钩杀死他，这是什么样的人啊？”

“有失风度！”

怏怏不乐的胡克又沮丧又无能为力，像一朵被折断的花一样垂着脑袋。

他的手下们觉得他只是一时不正常而已，于是纪律立刻变得松松垮垮的。而他们现在借着酒劲正欢快地跳起舞来，胡克看到以后立刻振作了起来，似乎全身被泼了一桶冷水一样，身上所有的人性弱点也跟着消失不见了。

“安静！你们这些家伙，”他喊道，“不然我就在你们身上放个锚！”于是吵闹的声音立刻停了下来。“所有的孩子都被锁住了，飞不起来了，对吗？”

“是的，是的。”

“那把他们吊起来。”

于是除了温蒂，这群可怜的俘虏们都被从地上拖了起来，一个个排在胡克的面前。有那么一会儿，他似乎没有注意到孩子们的存在。他懒洋洋地坐着，一边不成调地哼着几句粗鲁的歌词,一边用手指拨弄着纸牌。他嘴里叼着的雪茄的火光，为他的脸庞附上了一层温暖的光。

“好了，小家伙们，”他轻快地说，“今晚你们中有六个要走跳板，不过我这可以收留两个手下，谁想当？”

“不要无谓地惹怒他。”图图始终记得温蒂的话，于是他礼貌地站了出来。图图可不喜欢在这种人手下做事，但是直觉告诉他，聪明的做法是把责任推给一个不在场的人。虽然图图有点傻乎乎的，但是他也知道，只有妈妈才会永远愿意当作挡箭牌。所有的孩子都知道妈妈的这个特点，虽然他们很看不起这一点，但是他们常常会利用妈妈的这个特点。

所以图图给出了一个精明的解释：“您看，先生，我的妈妈可不会希望我做一名海盗。斯莱特里，你的妈妈会希望你做一名海盗吗？”

他向斯莱特里挤了挤眼，斯莱特里悲伤地说：“我觉得不会，”他似乎很失望的样子。“双胞胎，你们的妈妈会希望你们做一名海盗吗？”

“我觉得不会，”双胞胎中的哥哥说，他就跟其他孩子一样聪明，“尼布斯，你——”

“少来这套！”胡克大声吼道，接着这些说话的孩子都被堵了回去。“你，孩子，”他向约翰说，“你看起来还算勇敢。你就从来没想过当一名海盗吗，亲爱的？”

约翰有时在做数学题的时候会有这种想法，现在胡克单独问他让他有些吃惊。

“我以前想过把自己叫作红手杰克。”他怯生生地说。

“名字不错呀。小家伙，如果你加入我们的话，我们可以这么叫你。”

“迈克尔，你觉得呢？”约翰问道。

“要是我加入的话，你会叫我什么？”迈克尔问。

“黑胡子乔。”

不用说，迈克尔被深深吸引了。“约翰，你觉得呢？”迈克尔希望约翰能帮他拿主意，不过约翰想让迈克尔自己做决定。

“我们还能做顺从国王的好子民吗？”约翰问道。

胡克从牙缝里挤出一个回答：“你们得宣誓‘打倒国王’。”

也许约翰一直都表现得不太好，但是他这次的表现大放异彩。

“那我拒绝。”他一边喊道，一边“梆梆梆”地敲胡克面前的桶。

“我也拒绝。”迈克尔大声说。

“不列颠万岁！”克里高声呼喊。

气急败坏的海盗们不停地打他们的嘴，胡克吼道：“那你们完了。把他们的妈妈带上来。准备好跳板。”

他们还只是孩子，所以在看到朱克斯和切科在准备那块要命的跳板时，脸都吓得惨白了。但是在温蒂被带上来的时候，他们努力地做出了勇敢的样子。

我没办法用语言形容温蒂对这些海盗的蔑视。对孩子们而言，做一名海盗似乎还有点吸引力，但是温蒂看到的是，这艘船已经好几年没有清洗了。每一扇舷窗都脏得能用手指头在上面写出“脏猪”字样。她也确实在几块玻璃上这样写了。但是当孩子们向她聚拢过来时，她别无他念，心里装满的都是这些孩子们。

“好了，我的美人，”胡克说道，嘴里像是抹了蜜一样，“你马上就会看到你的孩子们走跳板了。”

虽然胡克是个讲究的绅士，但是他由于进食太急，把自己的领子弄脏了。他突然意识到温蒂在盯着他的领子看，急忙想要藏起来，但是已经太迟了。

“他们会死吗？”温蒂问道。她脸上那种蔑视的神情让胡克喘不过气来，差点昏了过去。

“会，”他愤怒地嚷道，“所有人安静，”他又喊道，独自在那沾沾自喜，“妈妈要给她的孩子们讲遗言了。”

此时，温蒂显得非常庄重。“孩子们，这些话是我的遗言，”她坚定地说，“我觉得你们真正的妈妈有一句话要我转给你们，那就是‘我们希望自己的孩子死也要死得像一位英国绅士’。”

听到温蒂的话，即使是这些海盗也震惊了，而图图歇斯底里地喊了出来：“我会做到妈妈希望我做的事情。尼布斯，你会怎么做？”

“做妈妈希望我做的事情。双胞胎，你们会怎么做？”

“做妈妈希望我做的事情。约翰，你——”

胡克的声音又响了起来。

“把她绑起来！”他喊道。

把温蒂绑到桅杆上的人是斯密。“往这看，亲爱的，”他小声地说，“要是你答应当我的妈妈，我就救你。”

但是连斯密都没想到温蒂会说出这样的话，“那我宁愿没有孩子。”她轻蔑地说。

说起来真是伤心，当斯密把她绑到桅杆上的时候，没有一个孩子往她那看，他们看的是那块跳板，那块他们即将走上去的跳板。他们已经没办法指望自己走跳板的时候像个男子汉，他们也想象不出那种场景，他们只能一边盯着跳板，一边发抖。

胡克咬紧牙齿笑着看他们，然后向温蒂靠近了一步。他想要温蒂把头转过来，好好看看孩子们是怎么一个接一个走跳板的。但是他没能走到温蒂面前，他也没能听到温蒂的痛苦的哭泣声。因为他听到了别的声音。

那是那条鳄鱼发出的可怕的滴答滴答声。

他们都听到了——海盗们、孩子们和温蒂。于是所有脑袋都往同一个方向转了过去，不是转往声音传过来的水面，而是转往胡克那个方向。所有人都知道他将会发生什么事情，他们一下子从主角变成了观众。

在胡克身上发生的变化才叫恐怖，他的每一处关节似乎都被折断了一样，颓然瘫倒成一团。

声音越来越近，比那个声音先到来的是一个可怕的念头：那条鳄鱼就要上船了。

这时候他的铁钩垂了下来，一动不动，仿佛它知道，自己不是那个进攻的敌人想要得到的一部分。在这种孤立无援的时刻，要是换作其他人，早就躺在地上，闭上眼睛等死了。但是胡克那颗绝顶聪明的脑袋这时候还在飞速运转着，在它的指示下，胡克跪在地上沿着甲板往前爬，尽可能地远离那个声音。海盗们毕恭毕敬地给他让开一条路，当他爬到船舷的时候，他才开口说话。

“快把我藏起来！”他嘶哑地喊道。

于是他们把他团团围住。所有的眼睛都在密切注视着即将爬上船的东西。他们没想过跟它搏斗。这可是命运的安排。

就在胡克藏到海盗们的身后的时候，好奇心驱使着孩子们跑到海盗船的另一侧，去瞧一瞧正在爬上船的那条鳄鱼。接着，他们看到了这个奇特夜晚中惊人的一幕，来救他们的不是鳄鱼，而是彼得。

他示意他们不要发出欢喜的叫喊声，以免引起怀疑。然后他继续发出滴答滴答的声音。

第十五章 “这次与胡克决一死战。”

我们每个人的一辈子里都会发生奇怪的事情，而我们甚至可能都没觉察到它们。举个例子，我们可能突然发现自己一只耳朵听不见了，而且还不知道是什么时候发生的，或许听不见的时间有半个小时那么长。彼得那晚的经历就跟这差不多。我们上一次看到他的时候，他正用一根手指按着嘴唇，一只手握着短刀，做好战斗准备。他看到那条鳄鱼经过的时候，竟然没察觉到它身上的异常之处，不过慢慢地，他还是发现了：它没有发出滴答滴答声。刚开始彼得也觉得非常奇怪，但是很快就得出一个结论：钟坏了。

彼得可没有考虑鳄鱼突然失去最亲密伙伴后，会是什么样的心情，他想的是怎么样才能让这个悲剧为他所用。他决定自己发出滴答滴答的声音，这样的话，所有的野兽听到他的声音就会误以为他是那条鳄鱼，那他就可以在森林里畅通无阻了。他把滴答声模仿得惟妙惟肖，但是还是出现了一个意想不到的后果。那条鳄鱼也听到了这个声音，并且一直在跟着彼得，也许是为了拿回它失去的东西，也许是因为它相信自己再次能发出滴答滴答的声音了，答案无从得知，因为这条鳄鱼就是这样一根筋的傻瓜。

彼得毫发无损地到达岸边，然后继续前行。他涉水的时候，似乎完全不觉得水跟其他东西有什么两样。其实许多动物游泳的时候也都是这样，但是我认识的其他人都不会这样。他在游泳的时候，心里就揣着一个想法：这次要跟胡克决一死战。彼得模仿滴答滴答声久了以后，就自然而然地忘记自己正在模仿滴答声了。要是他知道的话，他可能会停下来，因为他暂时还没有想到利用滴答声登上海盗船的天才想法。

恰恰相反，彼得觉得自己像一只老鼠一样，悄无声息向温蒂的那一侧爬去。他看到海盗们退缩地离他远远的，感到非常惊讶。而这时被围在中间的胡克的情况可惨了，就像是他听到那条鳄鱼来了一样。

那条鳄鱼！彼得刚一听到嘀嗒嘀嗒声就想到了它。起初他以为这声音是来自于那条鳄鱼，他还快速地瞧了瞧身后。后来他才意识到这声音是自己发出的，忽然间，他明白了一切。“我真聪明！”彼得立刻想道，然后他示意孩子们不要欢呼鼓掌。

就在这时，舵手爱德华·特因特从水手舱走到了甲板上。

亲爱的读者，请您看下表，算一下这一切的发生用了多久。彼得又准又狠地袭击了他，约翰用双手捂住了这个倒霉蛋的嘴巴，不让他发出临死前的呻吟。他往前倒了下去，四个孩子用手接住了他,怕他落地发出砰的一声。彼得做了一个手势，于是尸体就从船上被丢到了水里。水中溅起了一片水花，随后一切归于安静。整个过程用了多长时间呢?

“一！”(斯莱特里开始计数。)

彼得踮起脚往船舱里飞进去，一眨眼就看不见了。因为这时，有几个海盗正壮着胆子四处查看。他们甚至可以听到对方那紊乱的呼吸声，这也说明那个更加可怕的嘀嗒嘀嗒声已经消失了。

“船长，它走了，”斯密擦着自己的眼镜说，“现在一点声音也没有了。”

于是胡克慢慢地从衣领里面探出头来，听周围的声响，他太全神贯注了，似乎还能听到那滴答声的回音。在肯定没有一点声音之后，他终于慢慢地把身体挺直了。

“那就该走跳板了！”他厚着脸皮说，他现在恨透了这些孩子们，因为他们看到了他失态的样子。突然，他唱起了那首可怕的号子。

“哟吼，哟吼，跳动的木板，

踩着木板一直走，
连人带板掉下去，
掉到海里见大卫·琼斯喽！”

为了让这些俘虏们更加害怕，他不惜放下尊严，亲自在一块想象中的跳板上舞蹈，一边唱还一边向他们做鬼脸。唱完后，他喊道：“在走跳板之前，你们想不想试试九尾鞭的厉害？”

听到这话，孩子们都跪了下来。“不，不！”孩子们可怜地哀号着，每个海盗看到以后都满意地笑出声来。

“带上来，朱克斯，”胡克说，“它放在船舱里。”

船舱！彼得就在船舱里！孩子们面面相觑。

“遵命，遵命。”朱克斯欢快地答应着，然后大步向船舱走去。孩子们的目光追随着朱克斯的身影，几乎都没有注意到胡克又唱起了他的歌，他的手下们也跟着唱道：

“哟吼，哟吼，挠人的猫，
它的尾巴有九条，
要是落在你们的背上——”

最后一句歌词是什么再也没人知道，因为歌声突然被船舱里的一声可怕的尖叫打断了。它响彻了整艘船，然后慢慢消散。

接着，他们听到了一个得意的咯咯笑的声音，那声音孩子们可是听得很明白，但是对海盗们来说，这个声音比尖叫声还要让人不寒而栗。

“什么声音？”胡克喊道。

“二！”斯莱特里非常认真地数道。

意大利人切科犹豫了一会儿，然后大摇大摆地走进了船舱。紧接着，他面如死灰地踉跄着退了出来。

“你这家伙，比尔·朱克斯出什么事了？”龇牙咧嘴的胡克这时正居高临下地看着他。

“他出大事了，他被人捅死了。”切科声音低沉地说。

“比尔·朱克斯死了！”海盗们吃惊地叫了起来。

“船舱黑得就跟煤矿一样，”切科慌里慌张地说，“但是里头还有一个更可怕的东西，就是发出咯咯笑声的那个。”

孩子们的狂喜，海盗们情绪的低落，胡克都看在眼里。

“切科，”胡克用最冷淡的口吻说，“给我回去，然后把那只小公鸡带出来。”

切科是所有海盗中最勇敢的一个，但现在，他在船长面前退缩了，他喊道：“不，不！”但是胡克伸出了铁钩。

“切科，你刚是说你会去，对吗？”胡克若有所思地问。

切科绝望地甩了甩手臂，走了进去。所有人都不唱歌了，他们现在都在听舱里的动静。舱里又传出一声临死前的惨叫，接着又是一阵咯咯笑声。

所有人都没说话，但斯莱特里开口了，“三个啦！”他数着。

胡克做了一个手势，他将手下召集了过来。“真该死，我就不信了！”他大发雷霆地吼道，“谁去把那只小公鸡给我带出来？”

“等切科出来吧。”斯塔奇低声说，其他人也跟着附和道。

“我听到你自告奋勇了，斯塔奇。”胡克又吼了起来。

“没有，我指天发誓！”斯塔奇喊道。

“我的钩子觉得听到了，”胡克说着向他走了过去。“斯塔奇，我觉得敢要我的钩子，这可不是聪明人的做法。”

“我宁愿吊死也不愿意进去。”斯塔奇固执地说，说完后又得到了水手们的支持。

“这是要造反吗？”胡克无比高兴地说，“带头的还是斯塔奇！”

“船长，饶了我吧！”斯塔奇呜咽着说，他现在浑身在打哆嗦。

“握个手，斯塔奇！”胡克说着伸出了钩子。

斯塔奇四处张望寻求帮助，但是所有人的目光都避开了他。他往后退一步，胡克就往前逼一步。现在，胡克眼里发出可怕的红光。于是斯塔奇发出一声绝望的惨叫，跳上了“长脚汤姆”，然后纵身跳进了大海。

“四！”斯莱特里数着。

“好了，”胡克彬彬有礼地说，“哪位先生还想造反？”他抓起一盏灯笼，然后高高举起铁钩，样子十分可怕，“我亲自去把那只小公鸡抓出来。”说完立刻走进了船舱。

“五！”斯莱特里多想说出这个数字，就在他刚舔湿嘴唇准备开口的时候，胡克摇摇晃晃地走了出来，手里的灯笼已经不见了。

“有东西把灯弄灭了。”他有点不安地说。

“有东西！”马林斯附和说。

“切科怎么样了？”努得勒询问道。

“跟朱克斯一样，死了。”胡克简短地回答。

胡克现在也不愿意进船舱了，其他海盗看到这样子，心里也有了非常不好的想法。于是造反的声音再一次出现了。海盗们都很迷信，库克森这时喊道：“传说，当船上多了一个不明不白的人的时候，表示这条船肯定被诅咒了。”

“我听说过，”马林斯小声地说，“他总会找上一艘海盗船的。他有尾巴吗，船长？”

“人们还说，”另一名海盗不怀好意地说，“他上船的时候会伪装成船上最坏的那个人。”

“他有钩子吗。船长？”库克森无礼地问道。接着海盗们一个接一个地跟着附和，“这艘船要完了！”这时，孩子们不禁发出了欢呼声。胡克差点忘了还有这帮俘虏在手上，当他突然转过身看他们的时候，他脸上又露出了高兴的表情。

“伙计们，”他向手下喊道，“我有个想法。把船舱打开，把他们赶进去。让他们在小公鸡那自求多福。要是他们把小公鸡杀了，那对我们更好；要是小公鸡把他们杀了，那对我们也没坏处。”

这是最后一次海盗们对胡克产生敬意，接着他们忠实地执行了这个计划。而假装挣扎的孩子们就这样被推进了船舱，随后舱门就被关上了。

“现在听仔细了！”胡克喊道，于是所有人都在听着，但是没有一个人敢面向那扇门。不对，有一个人敢，就是一直被绑在桅杆上的温蒂。她看那扇门可不是为了听到什么尖叫声和咯咯笑的声音，而是在等彼得再次出现。

温蒂并没有等太久。彼得已经在船舱里找到了一直想找的东西：打开孩子们手铐的钥匙。现在他们偷偷地溜了出来，身上带着他们找到的武器。彼得先示意孩子们躲起来，然后偷偷地跑去割断绑着温蒂的绳子，那样他们所有人都可以轻轻松松地一起飞走了，但是有样东西挡在了他面前，就是那个誓言——“这次跟胡克决一死战。”所以当彼得解开温蒂的绳子的时候，他小声地告诉温蒂，去跟其他孩子藏在一起，让他来代替温蒂被绑在桅杆上，他还披上了温蒂的外套，因为这样就能蒙混过去了。随后，他深吸了一口气，发出了咯咯笑的声音。

对海盗们而言，这声音代表的是船舱里的孩子们都被杀了，于是他们陷入了恐慌之中。胡克想方设法地让他们振作起来，但是他已经把他们训练成了一群狗，现在他们向他龇出了獠牙。胡克知道，要是他把目光从他们身上移开，那他们就会立刻扑过来。

“伙计们，”胡克说道。他已经做好哄骗他们的准备，如果有必要，他还可以震慑他们一下，胡克可不会这么轻易就被吓到。“我想过了。上船的人叫作约拿[①]。”

“对，”海盗们咆哮地说，“他还带着钩子。”

“不，伙计们，不是的，她是个女孩。船上有女人的话总是会倒霉。她不在的时候，我们的船一直好好的。”

有些海盗想起来了，弗林特也说过这样的一句话。“试一试也行。”他们有点怀疑地说。

“把女孩丢出去！”胡克喊道，于是所有人都冲到那个穿外套的家伙面前。

“现在没人能救你了，小姑娘。”马林斯揶揄她说。

---

① 圣经《旧约·约拿书》：约拿躲避耶和华，登上一艘船，耶和华使海中起大风，船上的水手知道这灾难是因约拿而起，便把约拿抛进海中，海便平静了。——译者注

“有一个人。”这个家伙回应他。

“是谁？”

“复仇者彼得·潘！”可怕的回答钻进了众人的耳朵，彼得说着把外套脱了下来。于是所有人都知道是谁在船舱里作怪了，而现在胡克两次想要发言，但都欲言又止。在这个可怕的时刻，我想他那颗残忍的心都已经碎了。

最后他喊出声来：“切开他的胸膛！”但是他的语气并不是很坚定。

“来，孩子们，进攻！”彼得发出呼喊。一时间，武器碰撞的声音响彻了整艘船。要是海盗们团结在一起，那赢的一方肯定是他们。但是战斗一开始的时候，他们还处于紧张不安的状态。他们在甲板上跑来跑去，拼命挥舞着武器，似乎每个人都以为自己是船上唯一的幸存者。要是像个男子汉一样一对一战斗，那他们会发挥出更强大的实力，但是由于他们只顾着防卫，这让孩子们可以结成小队，选择并且追赶一个猎物。其中一些坏人跳进了大海，其他人躲在了暗处，不过还是被斯莱特里发现了。这个小家伙不参加战斗，不过会提着一盏灯笼到处跑，还用它照他们的脸。他们的眼睛被晃得看不清东西，轻轻松松地成为了孩子们案头上的肉。船上除了武器碰撞的声音以外，几乎没有别的声音，偶尔会有尖叫声和落水声，还有斯莱特里那单调的数数声：“五——六——

七——八——九——十——十一……”

当这群凶猛的孩子将胡克团团包围住时，我想海盗们已经完蛋了。胡克像是用了魔法在身边画了一道火圈似的，所有的孩子都没法接近他。他们已经把他的手下都干掉了，但是看起来似乎光凭他一个人就可以对抗他们所有人。他们一次又一次向他靠近，他一次又一次地把孩子们击退。他用钩子把一个孩子钩了起来，并且拿他作为自己的挡箭牌，这时另一个孩子刚把剑刺中了马林斯，就立刻跳过来加入战斗。

“孩子们，收好你们的剑。”新来的这家伙说道，“这个男人交给我来对付。”

于是突然间，胡克发现自己和彼得面对面了。其他孩子往后退了几步，在他们周围围成了一个圈。

两个死敌互相对峙了很久，胡克的身体有些颤抖，而彼得脸上挂着奇怪的笑容。

“所以，潘，”最后胡克说，“这些都是你做的。”

“没错，詹姆斯·胡克，”彼得的回答很严肃，“这些都是我做的。”

“自大无礼的家伙，”胡克说，“准备迎接你的末日吧！”

“黑暗邪恶的家伙，”彼得回应说，“你的末日已经到了。”

于是，不再多言，两人交战了起来，一时间，双方不分胜负。彼得不仅剑术高超，而且反应灵敏。他时不时虚晃一剑，然后突然向前刺去，击垮敌人的防御。不过他攻击的距离比较短，这是他的一大劣势，因此他始终不能刺中对方的要害部位。而胡克也丝毫不逊色，不过在手腕功夫上倒是没有彼得那么灵活，所以他只能利用自己的体重强压过去。很久以前，他曾在里约的巴比克那学到一种剑术，通过突然猛地一刺，来终结敌人的性命。不过让他惊讶不已的是，他屡刺不中。于是他逼过去，伺机用他的铁钩发出致命一击，钩子一直在空中胡乱挥舞，不过彼得晃到铁钩下，猛地向前一刺，刺穿了胡克的肋骨。胡克一看到自己流出的血，你应该还记得，血的颜色让胡克特别反感，胡克手中的剑掉落，他现在只能任凭彼得处置了。

“上啊！”所有的孩子喊道，不过彼得这时打了一个崇高的手势，他让他的对手捡起了从手上滑落的剑。胡克立刻就捡起剑来，但是他觉得很悲哀，因为彼得展示了良好的风度。

胡克一直觉得他的对手是一只恶魔，不过现在他的心里有了更加阴暗的揣测。

“潘，你到底是谁，到底是什么？”

“我是少年，我是快乐。”他随口回答说，“我是刚刚破壳而出的雏鸟。”

这些当然是胡话，但是在郁闷的胡克看来，这也证明了彼得根本连自己是谁是什么都不知道，这分明是良好风度的最高表现。

“再来受死吧！”胡克充满绝望地喊道。

他现在就像是人们用的连枷一样凶猛地挥舞着剑，不管是大人还是孩子，只要挡在他的面前都会被劈成两半。但是彼得还是能在他周围飞来飞去，就好像每次挥剑产生的风，都能把彼得吹离那个危险地带一样。彼得一次次冲过去，一次次击中了胡克。

现在，胡克已经不抱任何希望地战斗着。他那颗充满热情的心也丝毫不奢求活命，但是它渴望得到恩惠——在临死之前看到彼得失去风度的样子。

于是他放弃战斗，冲到火药库中并且把它点燃了。

“两分钟后，”他喊道，“整艘船都会被炸成碎片！”

好了，好了，胡克想着，这下就要原形毕露了吧！

但是彼得冲进火药库，然后把着火的弹药箱带了出来，并且冷静地将它丢进了大海。

而胡克又展示了什么样的风度呢？虽然他是个误入歧途的人，我们不会同情他，但是我们依然很高兴看到他在最后关头遵循了海盗的传统。其他孩子现在正围在他身边飞来飞去，不停地嘲笑着他。而他现在摇摇晃晃地上了甲板，有气无力地向他们还击。他的心思已经不在他们身上了，而是游荡到了很久很久之前的操场上，或者徜徉到了很远很远的空中，又或者是在观看一场精彩的伊顿墙球比赛。在那场比赛中，他的鞋子、他的马甲、他的领结、他的袜子都穿得特别正式，全身上下充满了风度。

詹姆斯·胡克，你还算是个男子汉。永别了。

他的最后时刻来到了。

他看到彼得举起了剑，慢慢向他飞了过来，于是立刻跳上了船舷，纵身跃入了大海里。他不知道鳄鱼就在下边等着他。我们刻意没有发出那条鳄鱼的滴答声，好让他不知道这个情况，这也算是我们对他最后的敬意吧。

他最后还取得了一个小小的胜利，不过我们没必要对此怀恨在心。他站在船舷的时候，侧过脑袋看着彼得向他飞来，他请彼得用脚踢他。于是彼得就用脚踢了他，没有用剑刺他。

胡克最后还是得到了他所渴望得到的恩惠。

“失态了。”他嘲笑地说着，然后心满意足地跳向了鳄鱼。

就这样，詹姆斯·胡克的生命画上了句号。

“十七！”斯莱特里唱了出来，不过他的计数不太准确。那晚，十五名海盗为自己的恶行付出了生命，但是有两名海盗爬上了岸：斯塔奇后来被印第安人抓了。印第安人们还让他给婴儿们当保姆，这对于一名海盗来说，实在是个悲惨的结局；而斯密呢，他从此就戴着他的眼镜到处游荡，还跟人说自己是詹姆斯·胡克唯一害怕的人，以此名声勉强维持生活。

当然啦，温蒂没有参加这场战斗，但是一直用水汪汪的眼睛注视着彼得。现在一切都结束了，她的重要性又凸显出来。她把每个孩子都表扬了一番，迈克尔带她去了他杀死海盗的地方，她看到之后，高兴得发抖。接着温蒂带着孩子们进了胡克的船舱，她指着挂在钉子上的钟表，钟表上的时间是“一点半”！

时间已经这么晚了，这应该是最重要的事情了。所以你能看到，温蒂急急忙忙地把孩子们安顿到了海盗们的舱铺上去，除了彼得，他这回正在甲板上昂首阔步地走来走去呢！最后他在“长脚汤姆”的旁边睡着了。那一晚,他又做起了梦，梦里他哭了很久。温蒂紧紧地抱住了他。

第十六章　回家

第二天早上，钟表刚响了三声，他们就赶紧起床了。因为外面的风浪很大。水手首领图图也在这群孩子之中，他拿着一根绳子的一端，嘴里嚼着烟草。他们全都穿着长度到膝盖的海盗服，脸上刮得干干净净的，还像真的水手那样提着裤子，匆匆忙忙地跑到甲板上。

谁是船长就不用说了。尼布斯和约翰分别是大副和二副。船上还有一位女士。剩下的就是睡在前舱的普通水手们了。彼得已经掌住船舵，但是他还是把船员召集起来，然后发表了一个简短的讲话。他说他希望孩子们能够像勇敢的战士一样忠于职责，但是他知道他们现在跟里约和黄金海岸上无法无天的坏蛋没什么两样。要是他们敢凶巴巴地对他说话，他就会把他们都撕了。水手们明白这些难听的、吓唬人的话的意图，他们都劲头十足地欢呼起来。后来，彼得下了几道强硬的命令，然后他们掉转船头，朝着英国本土驶去。

潘船长研究完航海图后就开始思忖，要是海上一直是这样的天气，那他们应该会在六月二十一日的时候抵达亚速尔群岛，之后他们再飞行就可以节省很多时间了。

有些孩子希望这艘船普普通通、老老实实的，不过其他孩子希望它仍旧是一艘海盗船。但是那样的话，船长就会把他们当成走狗一样对待，即使在轮流发言的时候，他们也不敢向他表达自己的愿望。对他们来说，立刻服从才是唯一安全的方法。有一次，斯莱特里被叫去测量水深，就因为露出了疑惑的表情，就被打了十二下。大家都觉得，彼得现在老老实实的，就是为了消除温蒂的怀疑。彼得强迫温蒂按照胡克最邪恶的海盗服的样子，做一件适合他穿的新衣服，要是新衣服做好了，彼得的态度可能就会发生变化。后来，孩子们之间窃窃私语着，在他穿上新衣服的第一个晚上，他在船舱里坐了很久很久，嘴里还叼着胡克的烟具。他的手拧成一个拳头，只露出一根食指。他把这根食指弯成了钩子的模样，举得高高的，充满了威胁的意味。

船上的事，我们先不说，我们先看看那个被三位小主人公抛下的家。现在距离他们没心没肺地飞走已经过了很久了。说来惭愧，我们已经都忘了十四号房子里的两位大人了。不过我们可以肯定，达令夫人是不会怪我们的。要是我们早点回过来讲这里的故事，带着哀伤怜悯的眼光来看达令夫人，那么她可能会大声跟我们说:“别傻了，我会有什么事？快点回去，好好看着孩子们。”要是妈妈们都这样子，那她们的孩子就会利用这一点，迟迟不肯回家。

哪怕是现在，我们之所以冒昧进入这间熟悉的婴儿室，是因为它的合法主人正在回家的路上。我们只是比他们早到一步，瞧一瞧他们的被子有没有晾得好好的，看一看达令先生和达令夫人有没有出去参加晚宴。我们只不过是忠心的仆人而已。不过，他们走的时候那么匆忙，连句“谢谢”也没说，那为什么达令夫妇还要把他们的被子晾得好好的呢？要是他们回来以后，看到爸爸妈妈都在乡下度过周末，不是会很开心吗？这样的思想教育课是我们与他们相遇以来，他们应该接受的。但是要是我们真的计划这么做，那达令夫人永远也不会原谅我们的。

我很想做一件事情，那就是像写故事的人那样告诉打令夫人:孩子们要回来了，准确地说，是下周的星期四到家。但是这样做的话，温蒂、约翰和迈克尔希望带给他们的惊喜就被毁掉了。他们在船上就已经预计好了:妈妈会欣喜若狂，爸爸会乐得喊出声来，娜娜会第一个跳过来拥抱他们三个，所以他们应该好好准备，把这个秘密藏起来。要是我们提前通知这个消息，毁掉他们的计划，那该多么大快人心啊！到时候，当他们大摇大摆地进去，不但达令夫人不会亲吻温蒂，达令先生还会不耐烦地说："真可恶，这些坏小子们又回来了！"但是我们这样做，达令夫妇并不会为此感谢我们。我们现在已经很了解达令夫人了，我们可以确信，她一定会怪我们把孩子们的这点乐趣剥夺了。

"不过，我亲爱的达令夫人啊，现在离下周四还有十天时间呢！我们现在告诉你事情的来龙去脉，那就可以省去你十天的痛苦啦！"

"没错，但是这样代价太大了。孩子们连那十分钟的快乐也会没有了。"

"哦，原来您是这么想的……"

"那还能怎么想呢？"

你看，这位女士的想法是不正常的。我本来是想为她说些好话的，但是我现在瞧不起她了，所以我现在一个字也不想多说了。不过，实际上，我也不需要提醒她做这些事情，因为达令夫人已经都做好了，所有的被子都晾好了，而且她从来没有离开家一步，始终确保窗户是开着的。我们现在能为她做的可能就是回到船上去了。但是,既然我们都已经在这了，我们不妨继续看下去。反正我们就是旁观者嘛。没有人真的需要我们。那我们就在看的时候，说几句带刺的话，让他们中的某些人听了不舒服。

我们能看到，在夜里，婴儿室有了一个变化：在晚上九点到白天六点的这段时间里，狗舍被搬走了。原来，当孩子们飞走的时候，达令先生从骨子里觉得这一切都是他的错，他根本就不应该把娜娜锁住，而且从始至终，娜娜都比他聪明。当然啦，我们知道达令先生非常单纯，实际上，要是他的个性没那么枯燥无聊的话，很容易被人当作是个男孩子，但是他具有高尚的正义感和狮子般的勇气。只要是他认为正确的事情，他就会去做。在孩子们飞走以后，他也愁眉苦脸地反省了好一阵子，结果就是他四肢着地，爬进了狗舍。不管达令夫人多么亲切地劝他出来，他都会悲伤但坚定地回答说：

“不，亲爱的，这才是我应该待的地方。”

达令先生无比自责，他发誓要是孩子们不回来，他就永远不离开狗舍。当然，这件事非常令人遗憾。但是达令先生就是要把事情做到极致，不然他就会轻易放弃。过去那个骄傲的乔治·达令已经不见了，现在的他变得无比谦逊。夜里，他愿意坐在狗舍里，跟达令夫人谈起孩子们可爱的样子。

他对娜娜的尊敬十分令人感动。达令先生除了不愿意让娜娜睡狗舍以外，其他所有事情都会听从娜娜的想法。

每天早上，达令先生会让自己连同狗舍一起放到马车中，载着他到工作的地方，六点的时候，会以同样的方式回来。不过在这里，要是我们想到他之前多么在意邻居的看法，我们就能看到这个男人展现出了多么坚强的品格——他现在的一举一动都会吸引无数惊讶的目光，他的内心一定是痛苦的，但当年轻人们对他的小狗舍议论不已时，他的外表仍十分冷静。即使有年轻的太太往里瞧，甚至还对他这间小屋子品头论足，他也总是会礼貌地脱下帽子，向她致意。

这可能有点像堂·吉诃德的风格了,但仍然是伟大的。很快，这件事的内情传了出去，于是公众的那颗博爱的心深受感动。成群的人自发地跟着马车，尽情地为它欢呼。漂亮的姑娘们会爬上马车，只为求得他的签名。有关他的采访也见诸各种高端报纸。而且上流社会的人还会邀请他参加晚宴，并且还另外嘱咐道:“请务必与狗舍一同前来。”

在周四这个重要的日子，达令夫人坐在婴儿室里，等待着乔治回家。她的目光十分悲伤。我们现在仔细地看看达令夫人,能够想起她曾经是多么快乐。但是,快乐已经一去不复返,因为她失去了她的宝贝们。我觉得我实在是说不出她的什么坏话来。要是说达令夫人太怜爱那些小坏蛋们，这是她控制不住的。你快看，达令夫人这会儿在椅子上睡着了。你最先看到的是她的嘴角，她的嘴角几乎都快枯萎了。她的手在胸口不安地抚摸着，似乎那里很痛。有些人最喜欢彼得，有些人最喜欢温蒂，但是我最喜欢达令夫人。为了让她高兴起来，我们要不要在她睡着的时候轻轻地告诉她，那些小家伙们就快要回来了。他们现在离那扇窗户只有两英里了,飞得可快了。

不过，我们只需要轻声告诉她孩子们正在路上就可以了，就这么做。

很遗憾，我们真的这样做了，因为达令夫人突然惊醒了，嘴里还念叨着孩子们的名字。但是房间里只有她一个人，还有娜娜。

“哦，娜娜，我梦到我亲爱的孩子们回来了。”

娜娜睡眼惺忪，只能把爪子轻轻地放在女主人的腿上。她们就这样坐着，一直到达令先生坐着狗舍回来了。达令先生把头探出来，并且亲吻了达令夫人。这时我们看到，他的面容似乎比之前更加憔悴了，但是表情更加温和了。

他把帽子递给了莉萨，莉萨轻蔑地接了过去。因为她想象不到，也没法理解这个男人到底想干什么。在家门外，那群跟着马车回来的人还在欢呼，达令先生自然非常感动。

“听听他们的声音，”他说，“真是令人欣慰。”

“都是一些小破孩而已。”莉萨冷笑地说。

“今天还有一些大人。”达令先生有点脸红地向她保证，不过等她转过头去的时候，达令先生就不再向她继续证明了。他在社会声誉方面取得的成功并没有让他变得骄横，反而让他变得更加温和。达令先生坐在狗舍里，并把脑袋探了出来，他跟达令夫人说了好一会儿他现在所取得的成功。达令夫人表示，她希望他不要因此头脑发昏，这时达令先生就会握紧她的手，让她放心。

“要是我是个软弱的男人，”达令先生说，“老天哪，要是我是个软弱的男人可怎么行啊！”

“乔治，”达令夫人小心翼翼地说，“你还像以前那样自责，对不对？”

“亲爱的，我就像以前那样自责！看到我的自我惩罚了吗？我住在狗舍里。”

“可这是自我惩罚吗，乔治？你确定你不是在享受这一切？”

“我的亲爱的！”

可以确信的是，达令夫人还是道歉了。然后达令先生觉得有些困了，他蜷缩着身体，在狗舍里躺下。

“你能不能弹下婴儿室的钢琴，”他问道，“让它伴我入睡？”于是达令夫人往钢琴走去，这时他又没头没脑地说了一句：“还有，把窗户关上吧，我感觉有一股风吹过来。”

“哦，乔治，你不可以让我做这件事。窗户必须永远为他们开着，永远，永远。”

现在轮到他道歉了。达令夫人走向钢琴，刚弹了一会，他就很快睡着了。就在他睡着的时候，温蒂、约翰和迈克尔飞了进来。

哎呀，不是他们。我们刚才这样说，是因为在我们离开船的时候，孩子们确实是这样计划的。不过后来肯定发生了什么事情，不然飞进来的肯定是他们，而不是彼得和叮当。

彼得开口说的第一句话说明了一切。

“快点，叮当，”他小声地说，“把窗户关上，封好了！就是这样。现在你跟我必须从门口逃走，要是温蒂回来，她一定会以为是她的妈妈不让她进来了，这样她就会跟我回去了。”

我现在终于明白了之前困扰我的问题，也就是为什么彼得在消灭海盗后没有回到无忧岛，也没有让叮当护送他们回家。原来他脑子里已经想好了这个计划。

彼得丝毫不觉得自己做错了，反而还欢快地跳起舞来。接着，他还偷偷往婴儿室里望，看看是谁在弹钢琴。他小声地跟叮当说：“那是温蒂的妈妈！她很漂亮，但是没有我的妈妈那么漂亮。她的嘴上边都是‘顶针’，不过没有我妈妈的多。”

当然啦，彼得对自己的妈妈是一无所知的，不过他有时候会拿她来吹嘘一番。

彼得也不知道此刻弹的这首曲子叫作《温暖的家》，但是他知道这首曲子唱的是：“快回来吧，温蒂，温蒂，温蒂。”然后他无比得意地喊出来，“女士，你再也见不到温蒂了，因为我已经把窗户封住了！”

彼得又往婴儿室里看去，因为琴声突然停了。他看到达令夫人把头靠在琴箱上，眼里还有两滴泪水。

“她是想让我把窗户打开，”彼得这样想，“我才不会呢，我不会！”

他又偷偷看了一眼，那两滴泪水还在那，或者可能又流下了新的泪水。

“她很爱温蒂。”彼得对自己说。不过彼得心里又生达令夫人的气，因为她不懂得她为什么不能再拥有温蒂。

原因太简单了——“我也喜欢温蒂。女士，我们不可能同时拥有温蒂。”

但是这位女士可不会轻易接受这个现实，所以彼得很不开心。他决定不再看她，不过她不肯放过他。他四处跳来跳去，甚至还做出各种各样的鬼脸，但是当他停下来的时候，他就感觉到达令夫人一直在他心里敲着门。

“哎，好吧，”最后彼得深深地吸了口气，他开口了。然后他把窗户打开了。“算了，叮当，”他喊道，语气里充满了对自然法则的嘲讽，“我们才不要什么愚蠢的妈妈们呢！”然后他就飞走了。

于是温蒂、约翰和迈克尔回来的时候，发现窗户还是为他们打开着的，而这种待遇他们本来是不配得到的。他们落地的时候，丝毫不为自己感到羞愧，甚至最小的那个家伙都忘记他的家的模样了。

“约翰，”迈克尔看着四周疑惑地说，“我觉得我来过这里。”

“当然啦，你这个笨蛋。你的床还在那呢！”

“确实是。”迈克尔嘴上这么说，心里也不太肯定。

“啊呀，”约翰喊道，“狗舍！”说着他冲了过去，往里头看了看。

“应该是娜娜在里边。”温蒂说。

但是约翰吹了一下口哨。“喂，”他说，“有个大人在里面。”

“是爸爸！”温蒂惊叫起来。

“让我看一下爸爸，”迈克尔急切地请求说，然后仔仔细细地看了一眼。“他还没有我杀死的海盗那样大，”他说话的语气中流露出显而易见的失望，我很庆幸达令先生还在熟睡。要是他听到小迈克尔一见面就说出这样一句话，他肯定会非常伤心的。

看到他们的爸爸正睡在狗舍里后，温蒂和约翰差点惊呆了。

“说真的，”约翰像是一个不相信自己记忆的人那样说，“他以前是不睡狗舍的吧？”

“约翰，”温蒂支支吾吾地说，“也许我们记得不清楚以前是什么样子了。”

他们心里顿时觉得有一阵凉意袭来，活该。

“妈妈真是粗心大意，”约翰这个小坏蛋说，“我们回来的时候都看不到她人影。”

这时，达令夫人又弹起了钢琴。

“是妈妈！”温蒂一边喊一边往里面偷偷地看。

“确实是！”约翰说。

“所以你不是我们真正的妈妈咯，温蒂？”迈克尔问，他现在已经很困了。

“哦，天哪！”温蒂惊叫起来，她第一次因为悔恨而感到了心痛，“我们真该早点回来。”

“那我们偷偷爬进去吧，”约翰建议说，“然后用手捂住她的眼睛。”

不过，温蒂清楚她应该用一种温柔的方式把这个天大的好消息说出来，她已经想到了一个好主意。

“那我们偷偷溜到床上吧，这样她进来的时候就会看到我们在那里，就像我们从来没有离开一样。”

于是，当达令夫人从钢琴那儿回来看看他的丈夫是不是已经睡着的时候，她看到那三张床上都睡着人。孩子们等着达令夫人发出惊喜的叫声，不过她没有发出叫声。达令夫人确实看到了他们，但是她不相信他们就在那里。因为啊，达令夫人在梦里见过这样的场景无数次了，所以她以为她又在做梦了。

她在火堆旁的椅子上坐了下来，以前，她就是坐在这儿给他们喂奶的。

孩子们实在不理解这是怎么回事，心里害怕极了。

“妈妈！”温蒂喊了出来。

“是温蒂。”达令夫人说，不过她仍然以为这是个梦。

“妈妈！”

“是约翰。”达令夫人说。

“妈妈！”迈克尔喊道，他现在认出妈妈了。

“是迈克尔！”达令夫人说着伸出了双臂，准备拥抱那三个她觉得永远也抱不着的自私的小家伙。是真的，她的双臂真的抱到了他们。温蒂、约翰和迈克尔，三个小家伙早就从床上溜了下来，跑到了她的面前。

“乔治，乔治！”等达令夫人终于能说话的时候，她朝他喊道。达令先生醒了过来，跟她分享这份巨大的喜悦，娜娜也飞快地跑进来了。再没有比这更温馨的场景了，不过，没有其他人看到，除了一个正在窗户外面注视着的小男孩。他心里有着无数的快乐，那是其他孩子永远无法体验到的。但是他现在透过窗户看到的这种快乐，他自己永远享受不到。

第十七章　温蒂长大了

我希望你们还想知道其他孩子们后来怎么样了。当时他们都在下面等着，好让温蒂有时间向她的爸爸妈妈解释他们的事情，所以等他们数完五百下的时候，他们就上来了。他们是走楼梯上来的，因为他们觉得，这样做可以留下一个更好的印象。他们在达令夫人面前站成一排，一齐脱下了帽子，心里还想着要是没穿着海盗服就更好了。他们一句话也没有说，但是在用眼神请求达令夫人收养他们。他们本来也应该用这种眼神看着达令先生的，不过他们把他忘了。

当然啦，达令夫人一下子就答应要收养他们了。但是奇怪的是，达令先生心里非常不开心，于是孩子们明白了——六个孩子太多了。

“我一定得说句话，”达令先生对温蒂说道，“做事情是不能只做到一半的。”双胞胎听出了其中怨念的语气，觉得达令先生指的是他们。

双胞胎中的哥哥自尊心比较强，他红着脸说：“先生，您是不是认为我们人太多了？如果是的话，我们可以离开这里。”

“爸爸！”温蒂吃惊地喊道。但是达令先生还是愁云满面。虽然他知道这样说很不体面，但是他也没有办法。

“我们可以挤在一起睡觉。”尼布斯说。

“一直都是我给他们剪头发的。”温蒂说。

“乔治！”看到亲爱的丈夫表现得这么不得体，达令夫人特别难受地喊出声来。

然后，达令先生突然哭了起来，接着他说出了真相。能收养这些孩子们，他其实也很高兴，他说，不过他觉得他们也应该征求他的意见，而不是把他这位一家之主当成空气。

“我没有把您当作空气，”图图立刻喊道，“你觉得他是空气吗，克里？”

“不，我不觉得。你觉得他是空气吗，斯莱特里？”

“才不是呢。双胞胎，你们觉得呢？”

他们并没有把他当作是空气，达令先生因此变得特别开心起来，他还说他会在休息室给他们所有人腾出空间，希望能够容纳他们。

“先生，肯定能的。”他们这样向他保证说。

“那就跟我来吧，”他高兴地喊道，“你们注意了，我不太确定有没有休息室，不过我们可以假装有，反正都一样。呼巴拉！”

他跳起了舞，在房间里自在地穿梭着，于是他们也一边喊着“呼巴拉！”一边跟在他后面跳起了舞，一起寻找那间休息室。我忘了他们有没有找到，但是无论如何，他们都找到了适合各自的角落，安顿了下来。

至于彼得呢，他在飞走之前又看了一眼温蒂。他其实没有来到窗户边看她，只是在飞的时候碰到了窗户，这样要是温蒂愿意的话,她可以打开窗户叫住他。而温蒂确实也这样做了。

“喂，温蒂，再见了。”他说。

“哦，天哪，你要离开吗？”

“是的。”

“彼得，你不想……”她支支吾吾地说，“和我的爸爸妈妈聊一聊那个让人开心的话题吗？”

“不要。”

“那关于我呢，彼得？”

“不要。”

达令夫人这时也来到了窗户边，她现在一直密切注意着温蒂。她告诉彼得，她已经把所有孩子都收养下来了，她也愿意收养他。

“你会送我去上学吗？”他机警地问道。

“会的。”

“然后去工作？”

“应该会这样。”

“那我很快就会长成一个大人了吗？”

“很快。”

“我不想去学校学那些一本正经的东西，”他激动地告诉她。“我不想变成一个大人。哦，温蒂的妈妈啊，要是我醒过来发现我脸上长了胡子，那我会受不了的！”

“彼得，”温蒂安慰说，“你长了胡子我也喜欢你。”这时，达令夫人也伸出手臂去拥抱他，但是彼得拒绝了她。

“退后，女士，没有人可以抓住我，让我变成一个大人。”

“那你要住哪里呢？”

“跟叮当一起，住在我们给温蒂盖的房子里。仙子们会把房子放在树顶上，她们晚上都是在那儿睡的。”

“真是太有趣了！”温蒂心里羡慕得很，达令夫人把她抓得更紧了。

“我以为所有的仙子都死掉了。”达令夫人说。

“总是会出现许多年轻的仙子的，”温蒂解释说，她现在可是个权威专家呢，“因为每当新生儿第一次笑的时候，就会有一个仙子出生。你看总是有婴儿出生，也就总有新的仙子出现。仙子们都住在树顶上的巢里面。淡紫色的是男孩，白色的是女孩，蓝色的是小傻瓜，他们分不清自己是男孩还是女孩。”

“我会过得很开心的。”彼得看着温蒂说。

“晚上坐在火堆旁，”她说，“会很孤单吧。”

“我有叮当呢。”

“叮当有很多事都做不了的。”她有点刻薄地提醒他。

“背后说人坏话的家伙！”叮当从角落里的某个地方喊道。

“这不重要。”彼得说。

“哦，彼得，你知道这很重要。”

“那好，你跟我一起回到小房子去吧。”

“妈妈，我可以吗？”

“绝对不行。现在你已经回家了，说什么我也要把你留住。”

“但是他真的需要一个妈妈。”

“亲爱的，你也需要呀。”

“哦，那算了。”彼得说，就好像他邀请温蒂回去只是出于礼貌一样。不过达令夫人看到他的嘴噘了起来，于是她提出一个两全其美的办法：让温蒂每年去彼得那里住一个星期，帮忙做春季大扫除。温蒂心里希望待的时间更长一点，而且春天还要很久才到呢。不过这个承诺让彼得再一次开心起来了。他没有时间的概念，而且前方还有很多冒险在等着他，我之前跟你们提到的那些冒险故事都只是很少的一部分。我猜，正是因为温蒂知道这一点，所以她最后对他说的话里充满了悲伤。

“在春季大扫除以前，你不会忘记我，对不对，彼得？”

当然啦，彼得答应了，然后他就飞走了，在他走的时候，达令夫人给了他一个吻。这个吻可不是谁都能得到的，但是彼得毫不费力就得到了。真有意思！不过达令夫人看起来很满足。

所有的孩子当然是要去上学的，他们中大多数进了三班，但是斯莱特里先是进了四班后来又转到了五班。要知道，一班才是最好的班级。在他们上学还不到一个星期的时候，他们就意识到自己没有留在岛上，真的是太愚蠢了。但是现在已经太晚了，很快，他们就会成为像你和我这样普通的人了。说起来挺难过的，他们已经慢慢失去飞行的能力了。刚开始的时候，娜娜会帮助他们把腿绑在床柱上，这样他们晚上的时候就不会飞走了。白天，他们有一种消遣的方式，就是假装在公交车上摔倒。不过渐渐地，他们在床上睡觉的时候已经不需要绑着绳子了。而且，他们发现，要是他们在公交车上松了手，是会摔倒受伤的。后来呀，就连帽子被风吹跑了，他们也没办法飞起来追上去。他们说这是因为缺少飞行练习，但是实际上，他们已经不再相信自己会飞了。

迈克尔比其他孩子更加执着一些，也因此而受到了他们的嘲笑。第一年年末，彼得来找温蒂的时候，迈克尔就跟她在一起。她跟彼得飞走的时候，身上穿的是用无忧岛的树叶和浆果织成的连衣裙。温蒂唯一担心的是彼得会注意到裙子已经变得特别小了。不过彼得没有注意到这个，因为他有太多的冒险故事要讲了。

温蒂盼望着能跟彼得回忆那些让人激动的往事，但是在他的心里，新的冒险经历已经将旧的那些冒险故事挤走了。

“胡克船长是谁？”当温蒂聊起他曾经的死对头时，彼得饶有兴致地问道。

“你不记得了吗？”她吃惊地问，“你把他杀了，还救了我们所有人的命。”

“我杀掉以后就忘了。”彼得心不在焉地回答。

当温蒂迟疑地说，她希望叮当见到她会很高兴的时候，彼得说：“叮当是谁？”

“哦，彼得。”她非常震惊。但是就算温蒂解释得清清楚楚，他也一点都记不起来了。

“她们这样的仙子有很多，”他说，“我想她应该不存在了吧。”

我觉得他说的是真话，因为通常仙子们的寿命很短。不过她们太小了，即使是一瞬间，对她们来说也是相当漫长的过程了。

让温蒂心痛的是，她发现一年的等待对彼得来说好像只是昨天，但对于她来说，却是漫长的等待。但是彼得还是跟以前一样让人着迷，于是他们在树顶上的小房子愉快地进行了春季大扫除。

第二年，彼得没有来找她。温蒂穿上了一件新的连衣裙，因为以前那一件已经穿不下了。但是彼得没有来。

“也许是他生病了。”迈克尔说。

“你知道，他从来不会生病的。”

迈克尔慢慢走到温蒂身边，他打了一个冷战，轻声地跟温蒂说：“也许根本就没有这样的一个人，温蒂！”当时要是迈克尔没哭的话，温蒂肯定也会哭的。

彼得在来年春季大扫除的时候来了。奇怪的是，他竟然不知道自己漏了一年没来。那次是小女孩温蒂最后一次见到彼得了。后来有一段时间，为了彼得，温蒂试着不去想那些成长带来的烦恼。当她有次在常识比赛上得了奖项时，她觉得自己背叛了彼得。一年又一年过去了，那个粗心的小男孩始终没来。等他们再一次见面的时候，温蒂已经结婚了，而彼得对她来说，就跟收纳玩具的箱子上的灰尘一样了。温蒂长大了。你不需要为她感到遗憾，因为温蒂属于喜欢长大的类型。她最后按照自己的意愿成长着，甚至还会比其他女孩子提前一点长大。

男孩们这时候也都长大成人了，所以关于他们的事情，我们也不必多言了。你可能会看到双胞胎、尼布斯和克里每天都去办公室工作，每个人都提着一个小包，带着一把雨伞。迈克尔成了一名火车司机。斯莱特里娶了一位女勋爵，成为了一名贵族。你看到那位从铁门出来的戴着假发的法官了吗？他就是以前那个小图图。还有那个不会给孩子讲故事的留着胡须的男人，他就是曾经的小约翰。

温蒂出嫁的时候穿着系有粉红色系腰带的白裙子。想想挺不可思议的，因为彼得竟然没有飞到教堂去反对这桩婚事。

光阴似水流过，温蒂也有了一个女儿。这件事可不该用黑墨水描述，应该用金砂来大书特书。

温蒂的女儿名字叫作简，脸上总是挂着一副好奇的表情，似乎从降生的那一刻起就有各种各样的问题要问了。等她足够大的时候，她问的问题大多都是关于彼得·潘的。她喜欢听彼得的故事，而温蒂会把她记得的故事统统告诉她，就在那间发生过传奇飞行的婴儿室里。现在那间房间是简的婴儿室了，因为简的爸爸从温蒂的爸爸那儿用原价的百分之三的价格买了下来。温蒂的爸爸再也不喜欢楼梯了。达令夫人也已经去世，她成了一个被遗忘的人。

婴儿室里现在只有两张床，一张是简的，另一张是她的保姆的。现在那里已经没有狗屋了，因为娜娜也去世了，她是老死的。在她最后的日子里，她变得很难相处。她一直坚信没有人能够照顾好孩子们，除了她。

简的保姆每周会请一晚上的假。于是那个晚上就轮到温蒂把简哄上床去。这个时候就该讲故事了。简发明了一个办法，就是把床单盖到她和妈妈的头上，弄成了一个小帐篷。简在一片黑暗里，小声地说道：

“我们现在能看到什么？”

“我觉得今晚我什么也看不到。”温蒂说，她有点担心要是娜娜还在这里的话，她一定会阻止她们进一步交谈的。

“才不是呢，你看得到的，”简说，“在你还是个小女孩的时候，你就看到了。”

“宝贝，那是很久以前的事情了，”温蒂说，“啊，时间过得飞快！”

“它是像你小时候那样飞的吗？”这个机灵的孩子问道。

“像我那样飞？简，你知道吗？我有时候也不清楚自己以前是不是真的能飞起来。”

“是的，你飞过。”

“我会飞的时光是多么珍贵啊！”

“为什么你现在不能飞了呢，妈妈？”

“因为我长大了呀，亲爱的。人们长大之后，就会忘记怎么飞了。”

“他们为什么会忘记怎么飞？”

“因为他们再也不像以前那么快乐，那么天真，那么无忧无虑了。只有快乐、天真、无忧无虑的人才能飞起来。”

“什么是快乐、天真和无忧无虑？我好希望我也快乐、天真和无忧无虑。”

也许这时温蒂真的明白了什么。

“我相信，”她说，“应该是这间婴儿室的缘故。”

“我也相信是这个原因，”简说，“继续讲下去。”

于是她们现在又开始讲起彼得那晚飞进来寻找影子的大冒险故事了。

“那个小傻瓜，”温蒂说，“想要用肥皂把影子粘到身上，他的影子粘不上去的时候他还哭了呢，是我帮他将影子缝回去的。”

“你说漏了一点，”简插嘴说，对于这个故事，她现在比妈妈还清楚呢！“你看到他坐在地上哭的时候，你说了什么话？”

“我从床上坐了起来，我说：‘男孩，你为什么哭呀？’”

“对，就是这个。”简长长地舒了一口气。

“然后他就带着我们飞到无忧岛了，那里有仙子，有海盗，有印第安人和人鱼湖，还有地下的家，还有那间小房子。”

“对！那里你最喜欢的是什么？”

“我觉得我最喜欢的是地下的家。”

“对，我也这么觉得。那彼得最后跟你说的话是什么呢？”

“他最后跟我说的话是：‘永远要等着我，总有一个晚上你会听到我高兴的叫声。'”

“对。”

“不过，哎，他完全把我忘掉了。”温蒂微笑地说着。她真的已经长大了。

“他的叫声是什么样的？”有天晚上，简问道。

“像这样。”温蒂一边说一边想要模仿彼得的叫声。

“不，不是这样的，”简严肃地说，“是像这样，”她模仿得要比妈妈好太多了。

温蒂有点吃惊：“我亲爱的，你是怎么知道的？”

“我睡着的时候经常能听到。”简回答。

“是啊，许多小女孩在睡着的时候会听到这声音，不过我是唯一一个在醒着的时候听到这声音的人。”

“你运气真好。”简说。

有一天晚上，悲剧发生了。那是春天的时候，那天晚上，故事刚刚讲完，而简已经在床上睡着了。温蒂坐在地上，她跟火堆靠得很近，好看清楚衣服上要织补的地方，因为婴儿室里没有其他的灯了。当她在织补衣服的时候，她听到了一个叫声。接着窗户就像以前那样被吹开了，彼得跳了进来，落到了地上。

他的样子一点都没变，温蒂立刻注意到他的乳牙还在。

他还是个小男孩，而她已经长大了。温蒂蜷缩在火堆旁边，动也不敢动。她现在既无奈又愧疚，她已经长成一个女人了啊。

“你好，温蒂。”他开口说道，丝毫没有注意到有什么不同，因为他主要关心的是自己。在昏暗的光线下，她的白裙子似乎就像是他们第一次见面时她穿的睡衣。

“你好，彼得。”她一边轻声地回应他，一边尽可能地把身体缩得更小。温蒂内心深处有什么东西在喊着：“女人，女人，放我出去。”

“你好，约翰在哪里？”他问道，突然想起了第三张床。

“约翰现在不在这里。”她喘着气说。

“迈克尔睡着了吗？”他心不在焉地瞥了一眼简。

“对。”她刚这么一回答，就觉得自己背叛了简和彼得。

“那不是迈克尔。”她赶紧说了一句，她害怕说谎以后会有什么惩罚降临。

彼得看了看，“喂，这是个新孩子吗？”

“对。”

“男孩还是女孩？”

“女孩。”

现在他肯定能明白了，但其实他一点也不明白。

“彼得，”她支支吾吾地说，“你是想让我跟你一起飞走吗？”

“当然啦，这就是我来的目的。”他的语气加重了一些，“你忘记现在是春季大扫除的时间了吗？”

温蒂很清楚，把他漏掉那么多次春季大扫除的事情说出来也是没有用的。

“我去不了了，”她抱歉地说，“我已经忘记怎么飞了。”

“那我马上再教你一次。”

“哦，彼得，别在我身上浪费魔法粉了。”

她站了起来，现在彼得心里终于感到了一丝恐惧，“怎么了？”他畏畏缩缩地喊道。

“我要开灯了，”她说，“那样你就能看明白了。”

据我所知，这是彼得有生以来第一次感到害怕。“别开灯。”他喊道。

温蒂用手抚摸着这个不幸的小男孩的头发。她已经不是那个为他倾心的小女孩了，她现在是一个可以微笑面对一切的女人了，尽管她含着泪水。

然后，她还是开了灯，彼得看清楚了她的模样。他痛苦地喊出声来。当他眼前这个高大美丽的女人想上前拥抱他的时候，他迅速地后退了。

“发生什么了？”他又喊道。

于是温蒂只好把一切都告诉了他。

“我长大了，彼得。我已经二十多岁了，早就成了大人了。”

“你答应我不长大的！”

“我无能为力。我已经结婚了，彼得。”

“不，你没有。”

“我有，床上的小女孩就是我的孩子。”

“不，她不是。”

但是他猜到她是温蒂的孩子了，于是彼得朝那个熟睡的孩子走近了一步，还把短剑举得高高的。当然啦，彼得并没有刺她，而是坐在地上，哭了起来。温蒂不知道该怎么安慰他，虽然她以前很擅长这样做。但是她现在是个女人了，她跑出了房间，想要好好思考一下。

彼得还在哭，很快，他的啜泣声把简吵醒了。她从床上坐了起来，立刻对他产生了兴趣。

“男孩，”她说，“你为什么哭呀？”

彼得站了起来，对她鞠了一躬，她也在床上向他鞠了一躬。

“你好。”他说道。

“你好。”简说。

“我的名字叫彼得·潘，”他告诉她。

“对，我知道。”

“我回来是要找我的妈妈的，”他解释说，“我要把她带回无忧岛去。”

“对，我知道，”简说，“我一直在等你呢。”

等温蒂一脸平静地回来的时候，她看到彼得正坐在床柱上发出欢乐的叫声，而简这时候正穿着睡衣在房间里到处飞，看起来高兴极了。

“她就是我的妈妈。”彼得介绍说，于是简慢慢飞下来，站到了彼得的身边，她脸上的表情就跟彼得喜欢从女孩子们的脸上看到的一样。

“他真的需要一个妈妈。”简说。

“对，我知道。”温蒂十分悲伤地承认说，“没有人比我更清楚了。”

“再见了。”彼得对温蒂说。说完他飞到了半空中，而简也不知害羞地跟他飞了起来。现在这已经是她最方便的移动方式了。

温蒂冲到了窗户旁边。

“不，不。”她喊道。

“春季大扫除以后我就回来，”简说，“他一直想要我帮他做春季大扫除。”

“要是我能跟你一起去该有多好。”温蒂叹气道。

“你看，你飞不起来啊。”简说。

当然啦，最后温蒂只能让他们一起飞走。我们最后看到温蒂的时候，她就这样站在窗户旁边，看着他们在空中越飞越远，直到身影变得跟星星一样小。

你要是再看到温蒂，你会发现她的头发变得花白了，她的体格又变小了，因为这一切已经过去很久了。简现在也变成了一个普通的大人，她有个女儿，名字叫作玛格丽特。除非彼得忘掉了，不然每年春季的时候，他都会过来找玛格丽特，然后带她去无忧岛。在岛上,她会跟他讲很多有关于他的故事,彼得听得特别着迷。等玛格丽特长大以后,她也会有一个女儿,她又会成为彼得的妈妈。只要孩子们快乐、天真、无忧无虑,故事就会一直延续下去。